玲瓏車

鄧榮坤\著

【自序】 島嶼的童年

曾經花了很長的一段時間，在臺灣各地進行人文踏查，對這片土地、民情、風俗留下深刻的印象，也深深愛上這裡的樸實與慢活的氛圍，而有太多難忘的回憶，在記憶中留下了故事。

人文踏查的歲月，曾經試著以詩或散文的方式，寫出島嶼的風華，寫出一群親友們在島嶼生活的堅持；如今，也試著透過兒童的眼眸，來觀察島嶼的晨昏，試著以另一種關懷這片土地的心情，讓生活於島嶼的孩童們，可以藉著兒童文學創作中的喚人省思的童話，或溫馨的散文，珍惜在靜謐生活的每一個日子。

本書收錄之作品，先後以本名或筆名發表於《客家少年》與《更生日報》副刊，〈鳥人〉榮獲109年蘭陽文學獎「民間故事組」佳作，謹此致謝。

人文踏查已告一段落，回想那些歲月的奔波，沉浮於腦海裡的故事沉甸甸的，而我也有許多想說的故事，也許自己不是擅長說故事的人，但我總是那麼用心的面對，以赤子之心來說故事，也感謝您有耐心聽故事。感恩，獻上溫馨祝福，給在臺灣島嶼上生活或兜風的每個人。

目錄

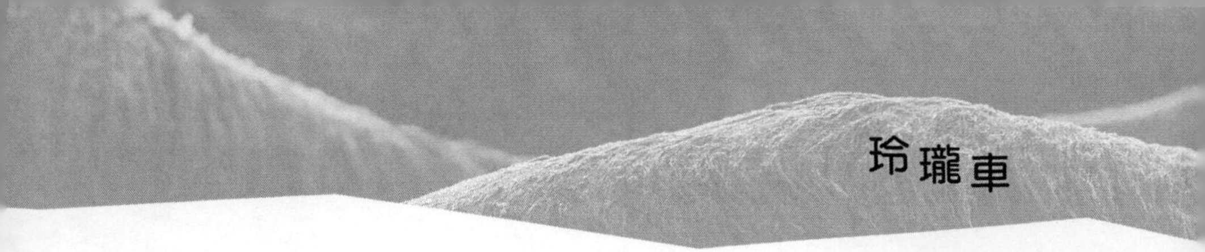

玲瓏車

玲瓏車

我是一輛五人坐的轎車，離開汽車工廠已經三年了，目前在和平租車公司服務，個子不高，身材瘦小，老闆給了我一個非常討人喜歡的綽號——玲瓏車。

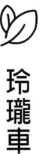

別看我個子瘦小，其他車子有的配備，我一樣也不少，難怪老闆經常在客戶挑車時，都喜歡在結語時加上一句：麻雀雖小，五臟俱全！

我的脖子和屁股都掛上了一面車牌，這是我的身分識別證，就好像你們在學校念書時的名牌一樣。我的車牌號碼很好記，是三個阿拉伯數字

——007。

「這是非常討喜的號碼。」

我非常喜歡這個車牌號碼。

「為什麼？又不是中國人喜歡的『168』一路發的數字！」

辦公室的年輕男孩探出頭來，看了一眼掛在我脖子上的車牌。

「007是情報員的代號。」

「嗯！我看過007的電影，很精彩！」老闆笑得很開心，回頭看了我一眼，繼續說：

「007會是我們這家租車公司的明星。」

明星？第一次從老闆嘴裡聽到這個名詞時，有點受寵若驚。我只是租車公司裡十幾輛車中的一份子而已，能出人頭地當明星嗎？

租車公司為我們規劃了三個休息區。

A區在休息室正中央，B區與C區則位於A區的兩旁，三個休息區中，以A區最小，裡面只停了三輛車身價昂貴的進口車；B區有五輛中等身價的進口車，而C區是休息室裡面積最大的，停了十輛在臺灣生產的轎車與休旅車。

我的休息區被安排在C區，靠近廁所的那個區域。身價雖然不高，卻是熱門車種，經常會被單身女子或情侶們看上眼，要我陪伴他們度過愉快假期。

我從來沒有讓這群人失望過。

剛來的那幾天，還真的有些不習慣。有時候遇到出門時，不小心被刮傷或撞凹了臉的車子，垂頭喪氣回到休息區，心裡的確有點緊張，擔心自己如果跟隨陌生人出門，是不是能夠平安回來！

記得有一回，海上颱風警報剛發布沒多久，有位年輕男孩到C區挑了一輛有五年服務經驗的白色轎車，沒想到這輛車出門後就一直沒回來了。那輛車停放的位置就在我旁邊，停車位已經空了好幾天了。

大家都知道出事了，出了什麼事，沒人知道。有一天，我問了從身旁走過的老闆，起先，他搖著頭，似乎不願意說，在我懇求下，才輕聲說出真相。

原來是周末的早上，一位年輕人從這裡開車出去，繞到市區找朋友聊天，吃過飯後就開車上高速公路，上路沒多久就撞上路邊護欄，整輛車翻滾了幾下，滾落在公路邊的排水溝中，車頭全毀，玻璃窗破了，輪胎也因撞擊而扭曲變形。

警察與消防人員及時把車內的人拉出來，送醫急救才撿回一條命。

「車子呢？」我鼓起勇氣問。

「為了救出卡在扭曲變形的車子裡的人，必須用電鋸鋸開車子。」

「鋸開車子？」想起電鋸鋸開金屬的嘎嘎聲響，覺得渾身發抖。

「那個男孩喝酒還開車上路，太不應該了！」

「難怪你會在每輛車的駕駛座前，貼上『**開車不喝酒，喝酒不開車**』標籤？」

「花一點錢，能讓你們快樂出門，平安回來是值得的！」

老闆拍了拍我的頭，笑了起來！

艷陽天，我在市區道路上奔跑。

身後傳來急促而刺耳的警笛聲。從聲音頻率中，我知道那是急著要穿越車陣的救護車，但前面好幾輛車都沒有讓路的動作，我在車陣裡也繞不出去。

在我前面是一輛小貨車，再過去是計程車，再遠一些是公車。我只能看這麼遠的距離而已，視線都被公車擋住了。要不要繞過去，通知一下前面的車輛，讓他們知道有救護車要經過？

我實在看不下去了，與握著方向盤的主人商量。

「警笛那麼大聲，他們應該都聽到了。」

「為什麼沒有讓路呢？」

「好像沒地方讓啊！」

「每輛車都往路旁靠，就能讓出一條路。」

我緩緩往路邊靠，也感覺到我的主人已鬆開了油門，右側的方向燈也一閃一閃亮了起來，警告後面的車輛——我們要靠路邊停車了。

警笛越來越大聲了。小貨車在前方的路口轉走了，公車也在不遠處的招呼站牌前停下來。沒多久，一輛救護車急速從身旁衝了過去，希望車內躺著的病人，不要發生什麼事情才好！

有一回，陪一位頭髮微白的男子出門，這位中年人開車的衝勁不輸給年輕人。我在道路急速奔跑，遇到了擋在面前，速度緩慢的車輛，中年人會按喇叭，逼我以吼叫的音量，呼叫擋在前面的車輛速度加速前進或閃開。我即使有一百個不願意，也不能作主，只好在他的操控下，一路響著喇叭急速奔跑。

在紅燈號誌中，我停了下來，喘著氣問他：「趕時間嗎？」

中年男子搖了搖頭。

「慢點吧，車子真多，碰到了人，或被別人碰到，都不好。」

「知道啦！」

路口的綠燈亮了，中年男子踩了幾下油門，速度逐漸快了起來，我瞄到了豎立在路邊的交通號誌，這段路的最高時速為50，但車速表上的指針卻在70至80的尺標間晃動，顯然是超速了。

車身一陣搖晃，閃過機車。我感覺到兩眼昏花，正緩緩回過神時，從後視鏡看到了閃著燈的警車追了過來。追到我的身旁時，突然發出非常刺耳的警笛聲，示意我停下來。

我緩緩靠向路邊，而超車被警察取締的事情我看多了，一點也不奇怪；像我這位喜歡開快車與喜歡亂按喇叭的主人，是應該給他一點教訓的。接過罰單後，中年男子終於笑不出來了，像做錯了事情的孩子，低著頭，不知所措！

我最喜歡洗澡了。

然而，我們洗澡的時間沒有一定。一般都選擇在主人把我們送回來，老闆幫我們檢查身體是否有傷痕後，還會交代公司的小弟帶我們去洗澡。

聽說早期的洗澡方式相當辛苦。幫車子洗澡的人，先用水把車體沖濕後，噴上清潔液，用抹布直接車身使勁擦拭後，用水沖去泡沫，再用乾淨的抹布將水擦乾，然後幫車子抹上一層蠟。

人工洗車的貼心服務沒有多久，洗澡這件事完全交給自動洗車機器了。從噴水、灑清潔泡沫、刷洗、烘乾、打蠟，在五分鐘可以搞定，雖然時間縮短了，我們卻很難感受到與人類互動的樂趣，有時候還要擔心被粗暴脾氣的洗車機上的刷毛刮傷臉的危險。雖然如此，我還是非常喜歡洗澡。

在我的服務生涯中，比較不喜歡陪有小孩的家人出門。尤其是帶著小孩的年輕夫婦，經常會有很多令人驚訝的事情發生。

記得去年中秋節，陪一對年輕夫妻回娘家，車上還有一位年約五歲的小男孩。小男孩很調皮，坐在後座，十分不安份，一會兒搖下車窗，把頭伸出窗外，一會兒吵著要聽兒歌，或吵著要喝水要吃布丁，把坐在前座的父母折騰得暈頭轉向。還好，我練就了車子行走時就自動將車門上鎖的功夫，讓頑皮的小男孩無法打開車門，但我卻無法阻止他在車上喝水或喝飲料，把椅墊弄濕了一大片的惡作劇。

車內的小男調皮叫著，一直嚷著要聽兒歌，但我的光碟匣裡沒有兒歌，急得一邊開車的爸爸，不停在收音機頻道上搜尋，車子也因他的分心而左右搖晃。

「小心！班馬線上有人。」坐在駕駛座旁的媽媽發出尖叫聲。

刺耳的緊急剎車聲響起，我使出渾身力量將四個輪子鎖住，但車子還是微微向前衝，終於在斑馬線前停了下來，嚇得正要過馬路的婦人一邊罵一邊跑開了。

爸爸嚇出一身冷汗，我也嚇出一身冷汗。

坐在後座的小男孩因為沒有繫安全帶，在緊急剎車中，撞到了前方的椅背，彈回椅墊又滾落座椅下，發出了驚慌的哭聲。

「把車開到一路邊去，我下車看看。」

媽媽露一臉驚慌，頻頻回頭看著滾落座椅下的小男孩。

「我說過要上車要繫安全帶的，你說小孩沒關係，這下好了⋯⋯」

我緩緩往路邊靠，還沒停穩呢，媽媽就推開車門，快步走到小男孩的座椅旁，拉開車門，將他抱進懷裡，小男孩哭得更大聲了。

如果你問我，在租車公司服務了三年，有沒有比較刺激且一輩子都難忘的的事。我不需要花時間思索，可以立刻告訴你答案——有！

去年，快過年時，我陪著一位在陸軍服役的男子回家，經過市場時，突然聽到有人大聲喊叫：搶劫！

坐在車上的主人也聽到了，他毫不猶豫開著車子追著剛從巷子竄出來的機車。機車上是位戴著安全帽的男子，他剛剛搶了一位婦人皮包，騎上機車就往外衝，後面跟隨著一群喊叫著「搶劫」的人群。

機車的速度很快，繞過幾個路口，鑽進了小巷消失了。

我們焦慮地在附近巷道中搜尋，希望能找到那輛機車的蹤影，卻一直沒有發現。我提議繞進小巷子找找看，但我的主人說，他對這一帶地形很熟悉，希望在寬敞的道路繼續找尋。我沒有太多意見。突然，一輛從小巷中衝出來的機車，拐個彎之後，朝我們的方向衝了過來。

第一次看到機車快速朝我的方向衝過來，有點慌了。

「穩住！穩住！確定是那輛車嗎？」

「沒錯！我記下了他的車牌。」

「我們也衝過去？」

「衝過去？有沒有搞錯？」我嚇慌了。

「你要擋下他。」

「有沒有搞錯？我去擋機車？」

看到往我方向衝過來的機車，我全身發抖，眼看著就要撞上了，我害怕得閉上眼睛，突然，身子打橫，停在路中央。機車因為減速不及而急速撞了過來，機車倒在路邊，輪子還不停轉動著，駕駛被壓在機車下而不停哀嚎著。

我感覺到肚子有一陣撕裂的疼痛，車內的主人緩緩推開車門，走了出去時，警車已經靠了過來。我發現我的主人嘴角露出得意的笑容。

事件發生後，我獲得一面由警察局長頒贈的「英勇助人」獎牌，也被送進了汽車醫院，接受板金的治療。

「什麼時候可以回到租車公司服務？」

我努力撐起受傷的身體，問幫我進行修護的板金師傅。

「你傷得不輕，可能要休息一個禮拜以上。」

一個禮拜說長不長，說短不短。印象中，這是我放最久的假。也好，安心療養一個禮拜吧，因為還有很長的路要走！

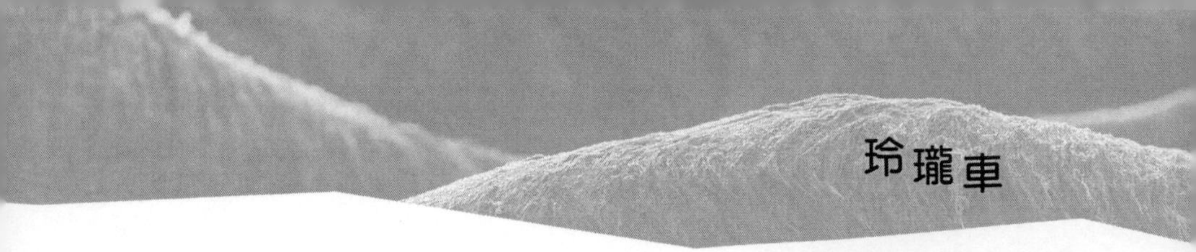

玲瓏車

三把彎刀

在宜蘭與名間交界處有一座約五百公尺高的橫山。

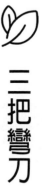

橫山為八卦山脈的最高峰，據說早在明朝時代，山中有盜賊出沒，到處搶奪村民的錢財與糧食，甚至連他們飼養的牲畜也不放過；之後，盜賊被消滅了，山腳下的人慢慢多了。自清朝開始，這座山開始熱鬧起來，許多人翻山越嶺運送農產品，也是販賣鹽的商人們，雇請挑夫挑鹽必須經過的道路。

橫山種植許多的造林樹種——相思樹、松樹、龍舌蘭及榕樹，吸引了許多飛鳥的棲息，而使得橫山十分熱鬧，而野生動植物生態也受到相當的保護，到處充滿生機。春節過後，約莫是指甲般大小的豆梨花盛開，整座橫山白茫茫一片，遠遠望去，好像下雪般的美。

很久以前，橫山上曾經出現一個小部落——安達，因為有很長的時間沒有下雨了，農作物因缺水而死去。

乾旱，出現了飢荒，酋長覺得很難過。有一天，酋長在睡夢中醒來。夢境中，有位留著長長的雪白色鬍鬚的老人告訴他，想獲得雨水，解除飢荒，必須前往橫山找尋紅、黃、藍三面旗幟，然後插在部落的眺望台上，向上天焚香禱告，並且不再獵殺森林中的動物，就解除旱象。

酋長在半信半疑中，找來巫師一起討論夢境中的事。他們都一致相信這是吉祥的夢。但要前往山谷不是容易的事，因為附近有太多的野獸。為了祈求雨水的降臨，酋長決定試一試，舉辦一場尋旗競賽。

酋長派人劃了許多地圖，分送給尋旗人。告訴他們這是一場可能隨時喪失生命的競賽，沒有信心或害怕的人，可以放棄，不會受到任何處罰。許多尋旗人聽到這是一場可能隨時喪失生命的競賽，默默離開了，只留下了十六人。

酋長拂了拂泛白鬍鬚，宣告競賽規則。誰能夠在七天內，穿越橫山森林，找到旗幟，都可獲得一把價值十頭山豬的彎刀，也可以向公主求婚。

參賽者向酋長行禮後，帶著日常用品出發了。

第一天，他們沒有遇到任何兇猛的動物。

第二天，越過了幾座小山丘後，來到了橫山。馬祐是其中一名勇士，發現許多人在森林中走失了，因為山林裡類似的地點太多了，哪一條路才是正確的，似乎沒有人知道。

太陽下山了。尋旗的人搭起了帳棚，把撿來的樹枝聚成一堆，點燃了火，避免野獸靠近。馬祐吃過乾糧，準備休息時，忽然傳來陣陣呻吟聲。帳篷裡的男子因為害怕而躲進帳棚，不敢出來。馬祐心情沉重了起來，因為那種聲音就好像是母親即將過世前，痛苦的呻吟。

「天色那麼晚，很危險，不要去了。」

「不要逞強，我聽說這座山林經常有鬼魂出沒。」

馬祐不理會他們的說辭，決定循著呻吟聲去探個究竟。火把點亮後，於燈火中，走過崎嶇不平山路，越往前走，呻吟的聲音越來越急。

不久，馬祐來到了北嶽廟附近，看到掉進陷阱山豬，為了爬出陷阱，不停挪動身子，發出呻吟。

「剛剛遇到一群獵人，我在逃亡時，掉進了陷阱！」

「你還能走嗎？」

「不行，兩隻前腳都受傷了。」

「我想辦法把你救出來。」

在昏暗的火把中，馬祐好幾次差點滾落山谷，幸好抓住一根蔓藤，慢慢爬上來。蔓藤十分脆弱，隨時都會因無法承受拉扯而往下滑。

把找來的木頭扔進陷阱裡，把山豬推上已墊高的木頭上，扯了幾根蔓藤，套在山豬前腳，費盡了力氣，才把山豬拉出陷阱。山豬看搖了幾下尾巴後，一拐一拐離去時，馬祐發現陷阱裡有面藍色旗。

馬祐心裡想著，莫非上天有意幫助我？不自覺笑了起來。

第三天，大家忙著趕路，一個一個走散了。

馬祐和幾位尋旗人越過茂密竹林，來到小溪，架在溪流上的木橋斷了一半，溪水湍急，強行通過，很可能被溪水沖走。一行人站在哪裡不知所措，此時，傳來了爭執的吵雜聲，順著聲音的方向望過去，是七頭山羊為爭奪槐樹下的靈草，互不相讓，以頭上的尖角鬥來鬥去，誰也不肯讓誰。

站在旁邊觀望的尋旗人，有人撿起石頭往山羊身上扔，有人以發出誇張的吼叫聲。山羊發出憤怒的吼叫聲，朝尋旗人衝撞過去，尋旗人落荒而逃。馬祐鎮定看著一群憤怒的山羊，沒有半點害怕。

「你為什麼沒有跑？」

一頭山羊在離馬祐約二步遠的距離前，停了下來。

「因為我可以幫你們解決靈草的爭執。」

「分不公平，當心我們不會放過你。」

「讓我試試看！」

馬祐尾隨山羊前往槐樹下，彎下腰觀看盛開粉紅色花朵的靈草。

「把靈草割下來，留下還可以發芽的根，你們認為如何？」

「這個主意好像不錯。」

馬祐掏出隨身攜帶的刀將靈草割下來，切成了七等份，每一頭山羊都吃到了靈草也不再爭吵。吃完了靈草，馬祐騎在一頭身體壯碩的老山羊背上，渡過了溪流後，繼續往前走。前方是蘆葦叢林，一面黃色旗於風中飄揚，馬祐緩步前進時，一條如拳頭般粗大的蛇擋住去路，背脊涼了半截。

「不要繼續往前走！」

巨蛇張大嘴巴朝馬祐身上噴出一股氣體，馬祐機靈的閃開了。

「如果你繼續走，就別怪我不客氣了！」

「為了達成使命，我必須拿到那面黃色的旗幟！」

「一年前，我吃了一個過路的人，山神罰我看守旗幟，你休想拿走旗子！」

「如果我沒有帶回旗幟，我的部落會有很多人餓死！」

馬祐誠懇把部落發生乾旱的現象一五一十說個清楚。

巨蛇軟化了態度。

「要拿旗子，必須通過一項考驗，你辦得到嗎？」

「什麼考驗？」

「你聽好了，我只說一遍，已經有二個人過不了關，被我吃進肚子了！」

馬祐楞了一下，低頭，發現巨蛇的肚子鼓鼓的。

「我只問一個問題，答對了，就算過關！」

「試試看！」

「請問你們部落一年生多少人，死多少人？」

馬祐被這個問題困住了，怎麼可能知道自己的部落一年生多少人，死多少人？即使是酋長也可能不知道。然而，聰明的馬祐經過短暫思索後，笑了笑說：

「生一個，死十二個！」

「胡說，幾千人的部落，一年才生一個，死十二個，誰相信？」

巨蛇緩緩朝馬祐的方向移動，張大嘴巴準備將他吞進肚子。

馬祐揮了揮手，制止巨蛇前進。

「讓我解釋，如果沒有道理，再吃了我，我沒有怨言！」

「你說！」

「即使部落人口多，不管一年生多少人，就只有一個『十二生肖』裡的屬相而已；但一年死掉的人再多也不會超過鼠、牛、虎、兔、龍、蛇、馬、羊、猴、雞、狗、豬等十二個屬相，所以，一年生一個，死十二個！」

巨蛇聽了以後，點點頭，佩服馬祐的機智，同意讓他帶走那面黃色的旗。馬祐伸手將旗收藏於行囊，向巨蛇告別後，繼續趕路。

由於尋旗人已經走失了，馬祐孤獨走在山林，顯得更加寂寞。突然，一隻老鷹朝馬祐俯衝而來，馬祐心頭一驚，閃個身，滑了一跤，發現山谷有面紅色旗，掛在樹枝上，隨風飄揚。那是很深的溪谷，掉下去一定粉身碎骨，馬祐望了一眼紅色旗，心頭一驚，雙腳不自覺顫抖起來。

老鷹繼續攻擊，每次都讓馬祐驚險閃過。

「我們沒有仇，為什麼如此對待我？」

馬祐決定不閃躲了，老鷹看他沒有閃躲，也停止攻擊。

「我做錯了什麼事？你好像很生氣。」

「凡是侵入我的地盤的動物，都必須死！」

「為什麼？」

老鷹突然哭泣了起來。

「我的孩子，前二天在這裡練習飛行，被老虎抓走了。」

「老虎？所以，你就怪罪任何人？」

「我不想再失去第二個孩子。」

「你放心，我可以幫你找回失去的孩子。」

「如果你能救回我的孩子，我可以幫你實現一個願望。」

於是，馬祐依照老鷹的指示，來到了老虎出沒的地方。老虎仰躺著睡覺，被抓走的小老鷹，雙腳被一塊石頭壓著，發出微弱喊叫聲。

馬祐躲在離老虎不遠的樹叢，學起山豬叫聲。老虎聽到山豬叫聲，立即張大眼睛，朝山豬吼叫聲的方向衝過去。馬祐趁著老虎找尋山豬時，立即跑回老虎居住的地方，救出了老鷹的孩子。

看見馬祐救回了自己的孩子，老鷹高興答應了馬祐的願望，迅速向山谷將紅色旗叼起，交給了馬祐。拿到了三面旗幟的馬祐，歡喜地沿著山路趕回部落。

部落的集會所擠滿了人，每個人的臉上都沒有喜悅的笑容。

參加競賽的人，有人被老虎吃了，有人被巨蛇吞進肚子，有些人被山羊的角戳傷，沒有人能帶著旗幟回來。眼看著太陽快要落山了，酋長難過嘆著氣。

正當酋長決定宣佈競賽正式結束時，有位長老快速跑了過來，向酋長稟報有一位尋旗人正往部落趕過來。酋長站起身子，帶領著長老們前往迎接。

馬祐光著腳，穿越了瞭望台，快步跑進了部落，聚集在集會場的群眾，看到了馬祐平安回來，響起了一陣掌聲。

馬祐把一路上遇見的事情一一向酋長報告時，許多長老們都讚賞他過人的智慧。馬祐從懷裡取出三面旗幟交給酋長，酋長立即賞了他三把彎刀。

「有了這三把彎刀，你可以隨時兌現我對你的承諾。」

馬祐笑了笑。在集會所所有人的祝福聲中，馬祐牽起公主的手，快樂跳起舞來，臉上浮現幸福的笑容！

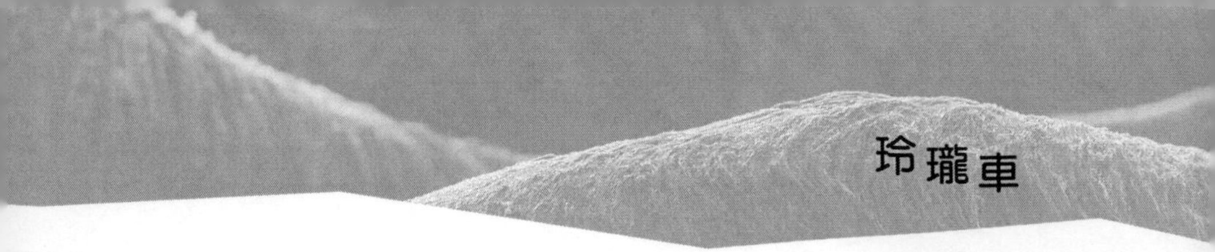

玲瓏車

不會游泳的狐狸

多年以前，嘉南平原裡有一座寬敞的埤塘，水質清澈，像鏡子般明亮。埤塘的四周是相思樹林，樹林裡住著小白兔、斑鳩、青蛙、烏龜、山羊、鵪鶉、松鼠、麻雀和鷺鷥，當太陽從冬瓜山浮起時，已經起床的動物們就會結伴前往湖邊洗臉或喝水。

松鼠爺爺站在湖邊點名，點著點著，卻沒有發現鷺鷥媽媽的蹤影，開始著急起來，於是，跳上湖邊一棵木麻黃的樹梢，張大眼睛找尋她的蹤影，瞧了許久，沒有發現她的身影；許多動物也擔心剛剛才當媽媽的鷺鷥是不是出了問題，大家急忙趕到鷺鷥媽媽的家，卻發現她正和狐狸說話。

「你們今天怎麼有空過來？」

「沒看到妳到湖邊洗臉喝水，擔心妳出事，所以，過來看看。」

松鼠爺爺看到狐狸，不自覺繃緊了神經，張大眼睛瞪著狐狸，狐狸也裝做若無其事般，露出狡猾的眼神打量著四周的動物。

「我來介紹一下，他是我先生的遠房親戚。」白鷺鷥媽媽說。

「不會吧？鷺鷥媽媽，牠怎麼會是遠房親戚，牠是狐狸啊！」

經驗豐富的烏龜挪動子身子，瞪了狐狸一眼。

「是啊，狐狸怎麼會是鷺鷥的親戚？」

青蛙揉了揉眼睛，附和著烏龜的話。

「你住在哪裡？我們怎麼沒見過你？」

松鼠爺爺繞著狐狸的身旁走了一圈，張大眼睛仔細瞧了起來。

「我住在湖的另一邊，聽說鷺鷥媽媽生了小寶寶，特地送禮來了。」

「送禮？」松鼠爺爺愣了一下。

「狐狸送來一袋新鮮小魚，小孩們蠻喜歡的。」

這個時候，躲在草叢堆裡打盹的兩隻小鷺鷥，被外面的說話聲吵醒了，鑽出小小頭顱，張開眼睛叫了起來。白鷺鷥媽媽走了過去，以尖嘴插進裝著小魚的塑膠桶，叼出小魚，輪流送進小鷺鷥的嘴巴。

看到小鷺鷥兜圈圈的快樂模樣，圍著狐狸與鷺鷥媽媽的動物鬆了一口氣，狐狸心裡想著：這裡真是天堂啊，有這麼多的鮮美的食物，一輩子也吃不完。

狐狸想著想著，嘴角露出了得意的笑容。

「我說鷺鷥媽媽，妳先生外出旅行，一個星期才回家，我看還是等他回來，問個清楚，摸清了底細再說吧！」

鷺鷥媽媽猶豫一會兒，點了點頭。

「在鷺鷥先生還沒回來之前，你不能再到這裡。」

松鼠爺爺瞪了狐狸一眼。

「我不能住在這裡，我住哪裡？」

狐狸慌張起來。鷺鷥媽媽沒有回話，看著關心她的朋友。

「你暫時住在土地公廟旁，一間獵人廢棄的破草寮吧！」

「獵人住的房子？我不要，我不要！」

「放心，我們這座森林已經沒有獵人出沒了。」

「為什麼不相信我，我不是你們想像中的壞蛋！」

「是啊，他看起來不像壞蛋！」

鷺鷥媽媽幫狐狸說話，狐狸露出虛偽笑容。

「是不是壞蛋我們不知道，不過，在鷺鷥先生沒回來之前，請你遵守約定，不准靠近鷺鷥媽媽的家。」

松鼠爺爺臨走時，露出威嚴的臉色，瞪了一眼露出陰沉笑容的狐狸。

狐狸雖然點了點頭，嘴角卻偷偷浮現了狡猾的笑容！

第二天，太陽出來了，一群動物前往埤塘洗臉或喝水。鷺鷥媽媽把在湖邊捕捉到的魚含在嘴裡，沿著湖畔飛了一圈，向早起的動物打招呼後，緩緩飛回家。當她飛過了一排林投樹，發現狐狸哭哭啼啼擦著臉上淚水，驚慌不已！

「發生什麼事？你怎麼會在這裡？」

鷺鷥媽媽驚慌不已。

「我剛剛從這裡經過，發現兇猛的老鷹把一隻小鷺鷥抓走了。」

「抓走了？你說老鷹？」

白鷺鷥媽媽受了驚嚇，張開翅膀保護著沒有被抓走，但露出一臉驚慌的小鷺鷥，淚水不停流了下來！聽到小白鷺鷥被老鷹抓走的動物們都趕了過來，對狐狸所說的話感到懷疑，因為從前年秋天開始，森林裡唯一的一隻老鷹被獵人射下來後，就一直沒有老鷹的行蹤了。

松鼠爺爺張大眼睛，在狐狸的身邊轉著圈圈。

「狐狸先生，我們不是約定好了，不准你到鷺鷥媽媽家嗎？」

「我是追著老鷹的行蹤，才追到這裡來的！」

「哦！你剛剛說你見到老鷹？」

松鼠爺爺看了一眼狐狸的嘴，沒有發現任何線索。

「老鷹從哪個方向飛來？」

「從相思林那頭飛過來，我想出手搭救，但不是老鷹的對手……所以……」

「胡說，我看是你自己吃掉小鷺鷥吧？」

松鼠爺爺提高了說話的聲音。

「沒……沒有，我沒有……不要冤枉我。」

狐狸突然不自覺地發抖，低著頭不敢看松鼠爺爺的臉。

「不要怪狐狸了，是老鷹抓走的沒錯，我有預感！」

鷺鷥媽媽幫站在一旁發抖的狐狸說話。

「鷺鷥媽媽妳就是心太軟了！」

「是啊，我們不能被狐狸騙了，一定是牠吃掉了！」

「冤枉啊！我怎麼會作出這種事！」

除了鷺鷥媽媽外，大家都不相信狐狸所說的話。狐狸慌張哭了起來。松鼠爺爺把鷺鷥媽媽帶到隱密處，給了她兩包藥粉，交代了幾句話，讓大家都散去了。

「狐狸先生，你應該回到草寮去。」

一群動物安慰鷺鷥媽媽後，陸陸續續離開。狐狸離去時，回頭看了一眼剛剛吃了小鷺鷥後，把不能吃的羽毛埋在馬櫻丹附近草叢，臉上露出得意笑容。

太陽又出來了。

鷺鷥媽媽尾隨一群動物到湖邊喝水，心情顯得有點不安。

「昨天晚上是否把我給妳的藥粉，撒在鷺鷥窩的四周？」

松鼠爺爺轉動著頭顱，望了望四周的環境。

「嗯！大包藥粉撒在草叢，應該不會有事吧？」

鷺鷥媽媽露出不安的神情。

「藥粉是防範狐狸的祕方，是用松鼠唾液加青草提煉的藥方，撒在狐狸出沒的地方，狐狸眼睛沾染到這種藥粉會刺痛不已，眼淚會流個不停，鼻子會像被火燙到般難受。」

「沒有危險嗎？」

「沒有危險，針對狐狸的藥方，對一般動物不會造成影響。」

「真的沒有危險嗎？」鷺鷥媽媽仍然不放心。

「放心，不會有事的。」

當松鼠爺爺和鷺鷥媽媽交談時，地鼠發現狐狸緩緩從附近草叢探出頭來，露出圓滾滾的眼珠，觀察四周動靜。松鼠爺爺看到地鼠的提示了，揮動著「不要說話」的手勢，請牠繼續留意狐狸的舉動後，拉著鷺鷥媽媽躲在附近的矮樹欉。

狐狸往四周張望許久，發現附近沒有任何動物，心裡想著鷺鷥媽媽前往埤塘洗臉也不會那麼快回來時，鑽出草叢，大搖大擺走往鷺鷥媽媽的家走過來。當牠靠近小鷺鷥時，一股嗆鼻的氣味隨風朝狐狸的鼻孔竄了過來，狐狸眼睛張不開來，淚水直流，而鼻子像被火燒著了一般，痛苦地尖叫起來，頻頻在草地上打滾。

此時，一群預先埋伏在一旁的動物，立即圍了過去，把狐狸圍在中間，狐狸想逃也逃不了。松鼠先生擋住了狐狸的去路。

「狐狸先生，你怎麼會出現在這裡呢？」

「我來跟鷺鷥媽媽告別的。」

「你要回家了？」

「沒錯，等鷺鷥先生回來了，我再過來。」

「是嗎？你的眼睛怎麼了？」

「沙子不小心跑了進去。」狐狸說謊時，臉上露出無辜的樣子。

當大家都拿不出狐狸吃小鷺鷥的證據時，鷺鷥媽媽向松鼠爺爺使了個眼色後，故意提高了說話的聲音。

「既然沒有證據，我們也不要隨便冤枉狐狸先生。」

「鷺鷥媽媽，妳不要被狐狸給騙了。」

烏龜聽到鷺鷥媽媽的話後，有點激動。

「不要放過狐狸。否則，我們不知道哪一天也會遭到毒手。」

在一旁打盹的青蛙也說話了。

「我知道，你們回去吧。」

「我們不放心啊，鷺鷥媽媽妳自己要保重，千萬不要給狐狸騙了！」

「放心，你們回去吧，謝謝你們的關心！」

一群動物依依不捨離去後，鷺鷥媽媽已經想出了報仇的方法，以溫柔的語氣對著一臉慌張與流著淚水的狐狸說話。

「狐狸先生，這個地方你也待不下去了，我看你還是回家吧？」

「相信我，我沒有吃小鷺鷥。」

「我相信你，你先回去，治好了眼睛，隨時都可以回來。」

知道鷺鷥媽媽沒有懷疑他，狐狸心情輕鬆了不少，知道自己還可以隨時回來，繼續獵殺在埤塘四周生活的動物，狐狸非常高興的接受了鷺鷥媽媽的提議。

「我眼睛痛，怎麼回家？」

「放心，爬上我的背，我載你飛過埤塘！」

狐狸心裡想著，到了埤塘的另一岸時，咬下鷺鷥媽媽脖子……想著想著，露出得意的笑容。於是，爬上了鷺鷥媽媽的背部，鷺鷥媽媽張開翅膀飛了起來，不久，飛到了埤塘上空。一路上，狐狸一直找時間對鷺鷥媽媽下手。

鷺鷥媽媽知道狐狸的計謀，把脖子縮得很短，快速飛過埤塘。

「你會游泳嗎？」

飛到埤塘中心點時，白鷺鷥媽媽側過頭看了狐狸一眼。

「笑話，狐狸怎麼會游泳？」

「很好，你自己小心了。」

鷺鷥媽媽把身子斜向一邊，狐狸一不留神，掉進埤塘。

「救命啊！救命啊！」

沒有任何動物救他！不會游泳的狐狸落在埤塘，掙扎一會兒就淹死了。埤塘四周恢復了寧靜，在這裡生活的動物繼續過著沒有憂慮的生活！

愛捉弄人的男孩

多年前，有一位喜歡捉弄人的男孩李文古，跟隨著家人從福建移民到澎湖，在離媽祖廟不遠的村落住了下來，由於喜歡吹牛，村子裡的人給了他一個綽號——膨風古。

膨風古喜歡捉弄人，也很喜歡辯論，有點小聰明，所以，村子裡的人不太喜歡與他往來，他一點也不在乎，繼續過著他的生活。

年紀已經不小了，膨風古還未結婚，相了好幾回的親，一直沒有結果。住在街上的尪姑想幫他作媒，託了好多人轉達，膨風古卻抽不出時間來，直到端午節過了，他才想起答應尪姑相親的事，於是，帶著簡便行李出門了。

離家不久，要穿越一座狹橋，才能到達另一個村落，然後，再步行約一個小時就可以抵達市區。膨風古沿途吹著口哨，神情輕鬆來到了一座窄橋時，有一個挑擔的男子匆匆忙忙迎面走過來。橋太窄了，膨風古只能迴避在一旁，讓挑擔的男子先走過來。

「辛苦了！我看您走得搖搖晃晃的，這座橋是不是不穩啊？」

膨風古張大眼睛問。

「雙板橋好走路，獨木橋難行。」

「什麼雙板橋、獨木橋？這句話什麼意思？」

「兩塊木板鋪成的橋比較寬，也比較好走，一塊木板鋪成的獨木橋，比較窄，當然就難走囉！聽懂了嗎？」

膨風古似懂非懂的告別了挑擔的男子，繼續趕路。

在天黑之前，來到一個村落，繞過了一口古井，來到屘姑的家。屘姑看到他來，沒有露出太高興的表情，反而故意冷落了他，只招呼他喝冷茶，也讓他吃一些冷菜冷飯，因為她想要考驗他的應對能力。

膨風古笑了笑，似乎不介意。

希望屘姑幫她的女兒介紹這門婚事的隔壁村的大嬸，與屘姑交頭接耳，希望屘姑能依照她的意思去做，而她則悄悄躲在廚房，透過窗戶邊的一條小縫隙，偷偷觀察膨風古的反應。

為了要試探膨風古是否長了智慧，屘姑在大嬸的交代下，刻意只給他一只碗與一支筷子，之後坐在一旁，想看他怎麼吃飯。膨風古看到了桌上只擺了一支筷子，想起了路上遇見的事，抓起那支筷子敲著桌子，輕輕嘆了一口氣說：

「雙板橋好走路，獨木橋難行。」

屘姑聽了膨風古的話，不自覺張大眼睛看了他一眼，立即繞到廚房，取出一雙新的筷子給他。大嬸也看到了膨風古剛剛的反應，露出滿意的笑容。

「怎麼少了一支筷子呢，少了一支筷子怎麼吃飯？」

膨風古知道尪姑在整他，但他也不方便說什麼，吃過飯後，就離開了。

膨風古經過媽祖廟，聽到了有兩位眼睛都瞎了的算命仙在廟旁的小攤位前閒聊，聊到了尪姑的苛薄，說她喜歡貪小便宜，上次算命的錢到現在還沒付清……膨風古雖然對尪姑的做人有些不敢認同，但聽到外人批評尪姑，心裡覺得有點不爽快，於是，他想了一個妙計來捉弄算命仙。

「你們兩個別說了，幫我算命吧，誰算得最準，就有重賞。」

膨風古希望算命仙為自己算命。聽了膨風古的八字後，個子較胖的算命仙還摸了膨風古的左手掌，膨風古刻意把戴上薄手套的右手，伸給其中一位身子瘦小的算命仙摸了幾下。由於兩位算命仙摸的地方不同，於是，兩位算命仙因為論點的不同而開始爭吵起來。

吵著吵著，兩位算命仙的拳頭捏得緊緊的，幾乎快要打起來。

膨風古不自覺笑了起來，隨手在牆角抓起一根木棍，敲了幾下瘦小算命仙的頭，這位算命仙發出尖叫聲，他以為是對方持木棒打他，於是，也毫不客氣的舉起拳頭亂捶了幾下，其中一拳正好打在肥胖算命仙的鼻樑上，兩人都不認輸的叫罵起來，在一陣拳打腳踢之後，只聽見算命攤前小桌子被踢翻的聲音，兩人才氣喘吁吁的收手。

「你們繼續打吧，誰打贏了，我找誰算命。」

知道被膨風古耍了之後，兩位算命仙氣呼呼的又莫可奈何。

膨風古繼續往前走，來到了熱鬧的市場，遇到一位賣雙黃蛋的商人，大聲喊叫著，膨風古站在遠處觀察了很久，才緩緩走過去。

「雙黃蛋，好吃又營養的雙黃蛋。」

商人繼續喊叫著。

「雙黃蛋，真的有兩個蛋黃？」

膨風古靠近賣蛋的商人身旁，彎腰挑了幾顆蛋。

「沒錯，每一顆都是雙黃蛋，不是雙黃蛋，免錢。」

「我要買很多顆蛋，沒袋子裝，你提著一些蛋跟我回家，我順便付你錢。」

商人聽了之後，點了點頭，尾隨著膨風古在市場中繞來繞去。拐了幾個彎之後，膨風古發現市場的角落有一隻躺著的狼狗時，刻意踢起一顆石頭，石頭不偏不倚打在狗的鼻頭上，狼狗跳了起來，朝膨風古與商人的方向撲過來，膨風古手腳敏捷，三兩下跳開了，商人一時驚慌，將一籃子的蛋都打翻掉落地上，蛋破了。

等狼狗走遠了，膨風古才繞回來，看到商人坐在地上哭了。

「你要賠我蛋的錢。」

商人對著膨風古哭喊著。

「我本來可以不必理你的。好吧，怎麼賠你呢？蛋都打破了，我看這樣吧，兩顆蛋算一顆蛋的錢。」

「這樣我虧大了。」

商人繼續哭叫著。

「我才虧大了，我沒有吃到半顆蛋，卻要付你蛋的錢？」

商人不再堅持，開始數著地上破了幾顆蛋。

「數清楚，不要數錯了。」

「沒錯，我數了兩遍，一共是三十六顆蛋。」

「三十六顆？你數錯了。」

「我沒數錯，你看，一顆蛋黃就是一顆蛋，沒錯吧！」

「可是，你賣的是雙蛋黃的蛋啊，兩個蛋黃算一顆蛋，應該只有十八顆蛋而已，加上兩顆蛋算一顆蛋的錢，我只需付你九顆蛋的錢。」

「你搞錯了，天底下哪有那麼多雙蛋黃的蛋？」

「不是雙黃蛋，免錢，這是你自己說的，你忘記了？」

膨風古丟下了九顆蛋的錢，嘴角露出得意的笑容離去了，吃虧的商人看著膨風古離去的背影，神情失落，啞口無言！

燈籠草

多年以前，離蘇澳碼頭不遠的一個村落，住著幾戶靠捕魚維生的人家，過著樸實而和諧的生活。有一位叫鳳妹的小女孩，每天都會蹲在空蕩蕩的碼頭上，等著父母親的漁船回來，可是，日子一天一天過去了，父母親的船一直沒有回來。

雖然有人告訴鳳妹，她的父母親已經不會回來了，她仍然於每天太陽落向海平面之前，出現於蘇澳碼頭，她相信父母親會駕駛著漁船，載著一船的魚回家。

在去年夏天，鳳妹的父母駕著一漁船出海捕魚，遇上了巨大風浪，漁船在外海翻覆了，而屍體至今一直也沒有找到。村子裡的人都說，鳳妹的父母親回不來了。

五歲的鳳妹，只有跟著舅舅一家人過日子。但舅媽身體十分虛弱，舅舅除了要照顧她之外，還要照顧家中的女兒寶珠和鳳妹，已經有很長的日子沒有出海捕魚了，家庭生活也越來越苦，已經有好幾餐沒有白米飯吃了，三餐吃的是加了很多番薯與水煮出來的稀飯。

鳳妹年紀雖小，卻是位善解人意的小孩。有一天，她悄悄地走近舅舅的身旁，對著愁容滿面的舅舅說：

「舅舅，你安心去捕魚吧，我會照顧舅媽和寶珠妹妹的。」

「鳳妹，妳長大了，謝謝妳。」

舅舅拍了拍她的頭，笑了起來。

鳳妹的舅舅又開始出海捕魚了，鳳妹在他每次出海時，都會要求他留意一下父母親的行蹤，舅舅總是點了點頭，日子一天一天過去了，鳳妹一直沒有等到父母親的船回來。

有一天，鳳妹像往常一樣，到碼頭等候父母親的船時，被一株不知名的小草絆倒了，她從沙地上爬起來，細心看了一眼那株小草，發現褲管上粘了一些乾枯的草籽。

她伸手想拔除粘在褲管的種籽時，有一陣聲音傳了過來。

「鳳妹，不要拔掉種籽，那是能幫妳實現願望的稀世之寶。」

鳳妹抬頭看了四周一眼，四周並沒有人。

「是誰在說話？」

「是我。」

「你是誰？」

「我是你身旁的燈籠草。」

「燈籠草？」

鳳妹驚訝地看著身旁的燈籠草。

「不要懷疑，我每天看妳到碼頭來，有什麼事可以幫忙嗎？」

於是，鳳妹就把心事告訴它，燈籠草沈思了一會兒，笑了笑說：

「妳真是一位孝順的孩子，妳把這些種籽帶回家，加水熬湯之後，就可以實現妳的願望。」

「真的？」

燈籠草在風中搖晃著點著頭。

鳳妹沈思了一會兒，張大眼睛問：

「可以治舅媽的病嗎？」

「當然可以，可是，妳的願望呢？」

「沒關係，只要舅媽的病好了，我就沒事了。」

穿越了防風林，鳳妹高興趕回家，把粘在褲管上的燈籠草的種籽拔下來，加了一碗水，像媽媽生前一樣的細心，在廚房裡熬著湯，大約過了一個小時，湯熬好了，差不多七分涼了，緩緩端進舅媽房間。

奇怪的事情發生了，舅媽喝下了那碗水之後，臉色逐漸好轉起來，慢慢地從床上坐了起來。

「妳剛剛給我喝的是什麼東西？我整個人都輕鬆起來？」

「是一種草，叫燈籠草。」

「燈籠草？」

「在防風林裡發現的。」

「妳怎麼知道可以治病？」

「燈籠草告訴我的。」

舅媽慢慢走下了床，移步至窗前，看見很久沒有見過的太陽，臉上充滿了笑容。

太陽下山前，舅舅回來了，發現她可以下床煮飯，十分驚訝，當他知道是鳳妹熬了燈籠草給她服用時，開心的流下淚來。

「明天帶舅舅去找那種草。」

「找草做什麼？」

「謝謝它。」

第二天，天色剛亮，鳳妹和舅舅、舅媽趕到防風林，可是，卻一直沒有發現燈籠草。鳳妹很快找到昨天跌跤的地方，但燈籠草不見了，她們只有失望走回家。

有一天，寶珠生病了，舅舅和舅媽帶著她找了好幾個醫生，可是，一直沒有把病治好，心情沮喪，整天愁容滿面也無法出海捕魚。

鳳妹悶悶不樂地坐在屋前的一棵榕樹下，忽然發現褲管上還粘有一粒燈籠草的種籽，她高興將種籽摘下來，埋進鬆軟的泥層。

種籽很快地發出嫩綠的芽，然後長出了葉子，不久，開出了像燈籠般的花，有些花謝了，露出一些種籽。

鳳妹高興地跳了起來。

鳳妹高興地摘下了種籽，此時，燈籠草在風中搖晃了幾下，以非常沈重的語氣告訴她說：

「凡事不過三的意思，妳知道嗎？」

「知道一點點。」

「也就是說，妳把種籽給了別人，妳的願望就無法實現了，所以，我要妳仔細考慮一下。」

「沒關係啦，只要寶珠的病好了，我就會很高興。」

燈籠草沒有再說話，鳳妹捧著燈籠草種籽跑進廚房，交給舅媽。

「就是這個，這個就是燈籠草的種籽。」

「熬湯給寶珠喝，她的病會好起來？」

「是的，快一點熬湯，我看寶珠好像很痛苦。」

寶珠喝下了湯，身體的燒漸漸退了，臉色逐漸恢復紅潤。

鳳妹趕到榕樹下，燈籠草不見了。

四處尋找後，仍然沒有找到它的蹤跡，心情逐漸沉悶起來。晚上睡覺時，開始想著自己的父母親，難過得滴下淚水。忽然，一陣十分熟悉的聲音，從窗外傳了過來。

鳳妹慢慢從床上爬起來，推開窗戶往外望，發現在皎潔月光下，有一棵燈籠草向她搖晃著說。

「再見了，鳳妹，我是天上的仙女，因觸犯了法規，而被貶落於這個世界，化為燈籠草，很高興遇見妳，你的孝心和愛心令我感動，把兩次的機會都讓給了別人……」

鳳妹微笑地向它揮動著小手。

「如果你有心事，妳就對著這朵燈籠花許願，願望會實現的，我知道妳一直想知道父母親的下落，它會幫妳找到答案的。」

燈籠草慢慢靠近窗前，放下了如拇指頭般大的燈籠花之後，向她揮手告別。鳳妹看著窗前的燈籠花，淚水流了下來。

鳳妹對著燈籠花許下了心願，燈籠花慢慢在她眼前膨脹，越來越大，像一顆很大很大的西瓜。燈籠花浮現了一艘船與一陣很強很高的浪，浮現了鳳妹的父母親掉落海裡，被一艘大船捕魚的漁夫救起的影像；之後，是一艘船慢慢靠向碼頭。

鳳妹高興地跳下床，叫醒了舅舅，拉著他趕到蘇澳碼頭，半信半疑中，於皎潔月光下，他們真的看到了一艘船正緩緩駛近碼頭……

「爹……娘……！爹……娘……！」

鳳妹高興朝著漁船揮手。

土地公

南臺灣林邊鄉沿海防風林的盡頭，有個樸實的村落，村民大都是從很遠很遠的唐山搬來的，除了忙於耕種外，偶而也會下海捕魚。

村落的後方是汪洋大海，而離海不遠的是綿延的木麻黃，木麻黃外是一望無際的大草原。春分之後，氣溫逐漸暖活了，許多動物都走進了草原，啃食嫩綠的青草，卻有一隻小白兔在草原流著淚水。

一隻麻雀飛了過來，張大著嘴問：

「小白兔，你為什麼掉眼淚？」

「我媽媽的腿在一次旅行中，被獵人射傷了。」

「你媽媽的腿受傷，沒什麼大礙吧？」

「還好，每天必須躺在床上，我年紀還小，要照顧她，很辛苦。」

「你哥哥呢？」

「上個月，哥哥為了找尋藥草治療媽媽的腿傷，被獵人打死了。」

想起了哥哥的不幸，小白兔哭得越來越傷心了。

「不要難過，我知道在村落裡有一座土地公廟，只要你虔誠地去請求土地公，相信土地公會為你想辦法的。」

小白兔聽了非常高興，告別了麻雀，往土地公廟跑了過去。

在太陽下山前，來到村落的土地公廟，小白兔見到慈祥土地公。土地公聽了小白兔的心聲後，被他的孝心感動了，於是，在一片綠油油的藥園中，拔起一株青草，對小白兔說：

「只要摘一片葉子，貼在受傷的地方，腿傷就會好起來。」

小白兔告別了土地公後，嘴裡啥著青草，蹦蹦跳跳跑回家。可是，太陽已經慢慢下山了，附近的路他不太熟悉，所以，經常在防風林裡兜著圈子，一直找不到回家的路。跑著跑著，突然響起了一陣巨雷，不久，如米粒般大的雨珠，在防風林裡落了下來。

小白兔焦急趕路，當他正要從一棵倒下來的小樹幹上跳過去時，忽然聽到了痛苦的呻吟聲，他突然停下腳步，向四周張望，發現有一條蛇被樹幹壓傷了，動彈不得。小白兔立刻用他的後腳，踢開樹幹，把蛇救了出來。

鮮血從蛇的腹部流了出來，在地上蠕動著身子的蛇，顯得十分痛苦，身子縮成一團。

「你……你嘴裡含著的是土地供給你的藥草嗎？」

小白兔點了點頭。蛇在地上打滾著，眼淚流了下來。

小白兔咬下一片葉子，敷在蛇身上的傷口，說也奇怪，蛇身上被樹幹壓傷的傷口竟然痊癒了。蛇向小白兔道別後，緩緩爬進了草叢。小白兔含著只剩下兩片葉子的藥草，繼續趕路。不久，來到了一座草屋，雨越來越急也越來越大了，小白兔正想休息一會兒，突然從草屋裡飛出一支箭。小白兔驚嚇跳了開來，一路往斜坡滾下去。

此時，從草屋裡衝出一位手握弓箭的獵人，站在草屋前，朝小白兔射出了第二支箭，小白兔滾落山谷，暈了過去。獵人小心翼翼走向山谷，因為斜坡太滑了，連人帶箭滾了下來，頭不偏不倚撞擊到山谷的石頭，暈了過去，鮮血流個不停。

小白兔慢慢在冰冷雨水中醒了過來，發現四周有鮮紅的血水，緊張跳了起來。當他發現那些血水來自獵人的頭顱，而自己只是受到一點擦傷時，心情才逐漸開朗起來。可是，看見獵人頭顱的血還一直的流，開朗的心情很快地又沈鬱起來。

——摘一片葉子，貼在受傷的地方，腿傷就會好起來。

想起了土地公的話，小白兔將掉落在一旁的藥草重新含在嘴裡，想咬下一片葉子，敷在獵人的傷口上。突然，小白兔似乎想起了什麼事，猶疑了起來。

小白兔想起哥哥外出幫媽媽找尋藥草時，被獵人射死的往事，不自覺地哭了起來。小白兔慢慢站起身子，看了一眼黑漆漆的天空，風雨似乎越來越急了，如果沒有救醒獵人，他是捱不到天亮的。小白兔沉思了一會兒，咬下一片藥草的葉子，敷在獵人流出鮮血的頭顱上；不久，獵人頭顱上的鮮血不再流了，而且身子逐漸有了反應，眼睛慢慢張了開來。

小白兔在獵人張大眼睛前，迅速跑開了，含著只剩下一片葉子的藥草，一路往山腳下那片草原跑去。終於看到了山腳下村落稀疏的燈火，當他要跳過一棵橫躺在山路的木麻黃樹幹時，跌了一跤，摔倒在山路上，前腳摔斷了，鮮血流了出來。

想起媽媽的病，小白兔緊緊含著嘴裡的藥草，深怕它會掉落。休息了片刻，小白兔利用樹幹及一粒大石頭的支撐，再一次試著想站起來，他慢慢將沒有受傷的左腳伸出來，踩在濕漉漉的山路上，然後將雙腿慢慢撐起身子，正想移動腳步時，又撲倒在山路上。

——摘一片葉子，貼在受傷的地方，腿傷就會好起來。

小白兔試了好幾次，一直無法爬起來後，想起土地公說過的話，看了一眼嘴裡只剩下一片葉子的藥草。

「不行，這是千辛萬苦求得的藥草，怎麼能夠自己用呢？」

小白兔忍著痛爬了起來，一拐一拐在又冷又急的風雨中走回家，拐個彎，山路的前頭有一道非常亮的白光出現了。亮光逐漸向小白兔靠了過來，原來是土地公出現了。

土地公抬起小白兔的右腳摸了幾下，小白兔感覺右腳不再痛了。

「你的孝心與善心令人敬佩，藥草雖然珍貴，可是，你卻可以施捨給陌生的蛇和曾經射殺過你哥哥的獵人，難得！」

小白兔低著頭，感謝土地公的幫忙。

「更難得的是你自己受傷了，還捨不得用敷藥草，心中還一直掛念著家中的媽媽。我送你一程，你趕快回家去吧！」

小白兔尾隨著土地公，走出了防風林。

向土地公拜別後，亮光消失了，風雨逐漸停了，小白兔回到了家。

回家後，小白兔高興咬下僅剩的一片藥草的葉子，敷在媽媽受傷的腿上，媽媽臉上的痛苦逐漸消失了，已經過了一個冬天，一直沒有治療好而且有些潰爛的腿傷，奇蹟似好了起來。

「走吧，我們到大草原走一走。」

小白兔跟隨著媽媽到了大草原。剛下過雨的草原，長出嫩綠的青草，許多早起的動物，都過來向小白兔的媽媽問候。新的一天又開始了，小白兔高興在大草原上奔馳，忘了自己一個晚上沒有睡覺。

遠方的土地公看著小白兔高興的模樣，也露出喜悅的笑容！

白毛松鼠

蘭陽平原有個快樂村。村落的西邊有一座丘陵，形狀很像一隻張開翅膀的大鳥，快樂村的人稱它為飛鳥山。飛鳥山下有很多沼澤，林木鬱鬱，是一個非常適適合動物居住的地方，快樂村的居民也過著無憂無慮的生活！

吃過早餐，吳平尾隨爺爺穿過竹林步道，往果園走去，沿途花兒已經開了，而那隻停在稻草人肩膀上的痲雀，是吳平最熟悉的了。天色剛亮就開始叫個不停，而頂著白色瓜皮小帽的白頭翁和有細小白眼圈的綠繡眼，也在圍著竹籬笆的果園覓食。遠方，搖著長尾巴的嗶嗶鳥在草叢蹦蹦跳跳！

來到番茄園，祖孫兩人都被眼前景象嚇呆了。

果園到處都是散落的番茄，從果園中可以看到許多細小腳印。吳爺爺蹲下身子揀起幾粒被啃過，留有齒痕的番茄，放在手中仔細的瞧了又瞧。

「松鼠，有一群松鼠來過！」

吳爺爺站起身子，揉捏幾下有一些酸痛的腰。

「不會吧，聽說白毛松鼠被趕走後，好幾年沒出現了！」

「是松鼠的腳印沒錯。」

「難道說，白毛松鼠又回來了？」

「萬一白毛松鼠回來了，我們的日子就不好過了！」

吳爺爺兩眼望著遠方那片山林，附近沒有松鼠的影子。

三年前的往事緩緩浮現腦海……

飛鳥山附近的農民與居住山林的動植物，月圓前夕，會聚集在山神廟交換生活感想，閒話家常或透過投票表決事情。山神阿布拉精神抖擻坐在大石頭上，露出銳利眼神看著從各地來的代表。

「農村代表怎麼還沒到呢？」

「他們追白毛松鼠去了！」山羊伸著懶腰說。

「追白毛松鼠？」阿布拉覺得奇怪，眉頭皺緊了一下。

「聽說白毛松鼠昨天晚上把村落的香菇都拔光了。」

「真的有這種事？」

「沒錯，白毛松鼠還經常把過錯嫁禍給我們，害我們受災殃！」

彌猴露出生氣的表情。

「白毛松鼠把農夫惹火了，農夫就往我們身上噴農藥，想毒死松鼠，但藥水噴在我們身上就好像滾燙的水潑在身上一樣的痛。」

玉蜀黍談到身上的痛，忍不住流下淚水，站在一旁的番薯表示自己也曾有過這種遭遇，而蒲公英也指著葉子上留下的傷痕，顯露出些許無奈。

「妳看見白毛松鼠帶著松鼠破壞農作物？」

山神阿布拉詢問站在一旁想打盹白鷺鷥。

「嗯，我看過松鼠摘番茄。」

白鷺鷥緩緩地把縮在下腹的腳伸直。阿布拉摸了摸已白了的鬍鬚，麓出一臉嚴肅表情，繼續說：

「我說過了，在飛鳥山生活，不要偷東西，白毛松鼠竟然……」

當阿布拉想數落白毛松鼠時，遠方突然傳來急促腳步聲。十幾位手持木棒的農民追趕著白毛松鼠。白毛松鼠往阿布拉的方向衝過來，連滾帶爬跪在阿布拉面前，雙手護著頭，哭哭啼啼請求保護。陸續趕到的農民把抬來的鐵籠子放在阿布拉面前，鐵籠子裡有二十幾隻剛剛捉到的松鼠與一些殘破的香菇。

「請山神替我們做主！」農民們齊聲請求阿布拉幫忙。

「到底怎麼回事？」阿布拉問。

「白毛松鼠偷吃香菇。」

人群中，有位老婦人站了出來，手中握著一截打裂了的小木棒。

「白毛，你又偷東西吃？」

白毛松鼠低著頭，沒有回話。

「去年，你帶著松鼠把老婆婆的龍眼摘光了，害得老婆婆傷心哭了好幾天；上個月，你又摘了芭樂，我們都原諒了你，可是，你……」

阿布拉難過得一時說不出話來。白毛松鼠看了一眼被關進鐵籠子的松鼠，眼角流出了淚水來。

「山神，白毛哭了！」眼尖的畫眉鳥看到了，向山神報告。

「再原諒我們一次吧，我們會改過自新！」白毛松鼠低頭請求。

「大家不要給白毛騙了，他很會演戲耶！」

農民們搖晃著手中的木棒與竹子，高聲喊叫。阿布拉看了老婆婆一眼，把目光依序掃了一遍在場的所有的農民與飛鳥山的代表。

「怎麼處罰白毛，我想聽聽大家的意見！」

「罰白毛負責山林安全的巡守工作一年！」

「罰他們負責山林的清潔工作！」

大家你一言我一語發表了看法，跪在一旁的白毛松鼠沉默不語。

「白毛，你有什麼意見？」

「我知道自己錯了，沒有意見，願意接受任何的處罰！」

阿布拉思考著怎麼處理時，站在一旁的老婆婆說話了。

「我希望白毛松鼠搬家。」

「搬家？」白毛松鼠張大嘴巴，無法相信他聽到的話。

被關進籠子裡的松鼠也開始慌張起來，不停哭鬧。飛鳥山代表也對於老婆婆的意見感到驚訝，這是最嚴厲的處分了，從來也沒有任何動物曾經因為犯了錯而被驅離飛鳥山的，最嚴重的是被處罰負責山林安全的巡守與清潔工作一年！

「趕走白毛！趕走白毛！」農民高舉握著木棒大聲喊叫。

「能不能把帶頭偷東西的白毛關起來就……」

白鷺鷥替白毛松鼠說情。

「讓他們搬家好了，關起來，我們還要供應吃住，也很累人。」

在場的人沒有人同意，阿布拉看了一眼吳爺爺，也問過在場的代表，由於沒有人願意幫白毛說話，最後，決議讓白毛松鼠帶著松鼠離開，永遠也不能回來飛鳥山！

站在被破壞了的番茄園，想起三年前這段往事，吳爺爺顯得有些許懊惱！如果當時堅持把白毛松鼠關起來，白毛松鼠也許就沒有機會繼續危害農作物了。由於當時的白毛松鼠並非偷他的農作物，所以，他也沒有堅持自己的意見。

白毛松鼠躲到哪裡去了？三年了，沒有人發現他的影子，這腳印從哪裡來?

「爺爺,番茄是白毛松鼠偷的?」

「沒有親眼看到,還無法確定!」

爺孫倆人說著說著,從番茄園的泥層裡突然鑽出一隻土撥鼠,吳平嚇了一跳,身子連連往後退了幾步。土撥鼠也因為受到驚嚇而在番茄園東奔西跑。

「松鼠?」吳平尖叫。

「是土撥鼠,不要讓他跑了!」

體型似兔子的土撥鼠在番茄園亂竄,一會兒躲在草叢,一會兒鑽出草叢。吳平想攔阻他,好幾次都讓土撥鼠從腳下跑了過去,鑽入泥層不見了。

「我知道是誰偷番茄了！」

「土撥鼠？」

「沒錯，住在穴道中的土撥鼠。」

「到哪裡找他？」

「先找到他的洞穴，但土撥鼠洞穴是相通的，有睡覺休息用的，有儲存食物用的。穴道也有好多出口，真正出入口只有一個，土撥鼠會用泥土、垃圾或樹枝遮掩其他洞口來混淆耳目，不好找！」

「我一定要把他找出來！」

吳平彎著身子在番茄園找尋的土撥鼠洞穴，在天空中飛舞的蜻蜓與蝴蝶們也幫著他找尋，一直沒有土撥鼠的影子。

第二天，吳平找山神阿布拉幫忙。山神來到番茄園，嘴裡念念有詞，施了小法術後，十幾隻躲藏在泥層裡的土撥鼠痛苦地鑽了出來。

「不要再施法了，我們在地底下快沒辦法呼吸了！」

土撥鼠喊叫著，拜託山神饒過他們。

吳爺爺希望把土撥鼠關起來，不再繼續危害農作物。阿布拉同意了，將破壞番茄園的土撥鼠帶回山神廟旁的石洞關起來！

天氣漸漸暖活，夏天快要來了。

白鷺鷥媽媽失蹤二天了，飛鳥山的動物找遍山林每個角落，沒有發現她的身影。原來，在離飛鳥山不遠的藤拉山的湖邊，左腳受了傷，滴著血的白鷺鷥媽媽被十幾隻松鼠包圍著，他們認出了她就是三年前堅持趕走他們的代表之一，除了罵她，還出手打她。

白鷺鷥媽媽忍著傷痛，希望松鼠能讓她回家，但那群松鼠沒有同意。聽到了消息而迅速趕過來的白毛松鼠，還帶來了一些止血藥草，松鼠們有意見了。

「她是趕我們離開飛鳥山的兇手，你忘記了？」

「還提那些往事幹什麼，趕快再多找些藥草來！」

松鼠們雖然不願意，卻又不敢違背白茅松鼠的旨意，嘟著嘴走開了，分頭繼續找止血藥草。

「白毛，謝謝你！」

「過去的事，不要放在心上了！」

不久，松鼠們找來了許多止血藥草，白毛松鼠把藥草經過簡單處理後，敷在白鷺鷥媽媽左腳上，包紮後，安排了一個乾淨舒適的房間，讓她住幾個晚上，發現沒問題了，才放心讓她飛回飛鳥山！

越過飛鳥山，吳爺爺與吳平來到了藤拉山。

藤拉山離飛鳥山有半天的路程，山下有座清澈如靜的湖，湖邊住著幾戶人家，鴨子在湖中悠閒游著……穿越一片針葉林時，吳平聽到悉悉梭梭的聲音，從樹梢傳來，抬頭四處張望，發現有隻松鼠安穩的在枝條上採集果實，除了用雙手摘取能搆得到的果實，搆不到的則伸長後腳去勾取，動作非常靈敏！

「爺爺，那是不是松鼠？」

吳平指著不遠處的一棵松樹。吳爺爺笑了笑，點頭。

「他們認識白毛嗎？」

「問問看就知道了！」

吳平拍了拍雙手，發出聲音來，採集果實的松鼠停了下來。

「有什麼事情？你嚇到我了！」

「對不起，想跟你打聽白毛的消息！」

「喔！你是說大王？」

「大王？」

「沒錯！我們的大王就叫白毛。」

「能帶我們去看看他嗎？」

「我忙著準備晚餐，走不開，不過，我可以告訴你怎麼走！」

小松鼠比手畫腳後，還天真地問吳平聽懂了沒有。吳平似懂非懂點了點頭。告別小松鼠，往山林深處走去，終於在松鼠產婆的家中找到了正好探視媳婦生產的白毛松鼠。五隻剛剛出生的小松鼠，全身還沒長出毛，渾身的肌膚呈現粉紅色，耳朵和眼睛都沒睜開，乖巧依偎在母松鼠身旁！

「你是白毛吧？」

白毛沒什麼變化，頭頂上那撮白色的毛似乎更白了。

吳平很認真地看著他頭頂上的那撮白毛。

「兩位找我有什麼事？」

「路過這裡，順便來感謝你！還記得我嗎？飛鳥山的吳爺爺？」

「當然記得！你為什麼要感謝我呢？」

「上個禮拜，白鷺鷥媽媽飛過騰拉山時，在湖邊歇息，被眼鏡蛇咬傷了，是你救了她！」吳爺爺說。

「舉手之勞而已！」

「你不計較過去的事，還救了她，難得！」

「慚愧！離開飛鳥山後，才體會到一份耕耘一份收穫的道理，以前，不懂事，請多包涵！」

「哪裡，哪裡，你不會怪我把你趕出飛鳥山吧？」

「不要這麼說，如果沒有那次教訓，也許我還帶著小松鼠偷農作物吃呢？」

「你還記得阿布拉嗎？」

「當然記得，他是仁慈的山神，他最近好嗎？」

「很好。他交代我路過藤拉山，一定要來看看你！」

「山神怎麼也知道這件事？」

「除了白鷺鷥媽媽外，有可能是藤拉山的山神告訴他？」

「哈哈哈哈……我們這裡的山神可厲害了，任何掉落的農作物，沒經過同意也不能拿起來吃！」

「你們的山神好酷！」吳平驚叫著。

「哈哈，我聽說在藤拉山，松鼠跟土撥鼠分不清的人，是會受到處罰的喔！」

「真的？」吳平張大嘴巴，神情顯得緊張。

「騙你的啦！」

白毛松鼠笑了起來。

望著吳平慌張模樣，吳爺爺張開嘴笑了，笑聲在山谷迴蕩……

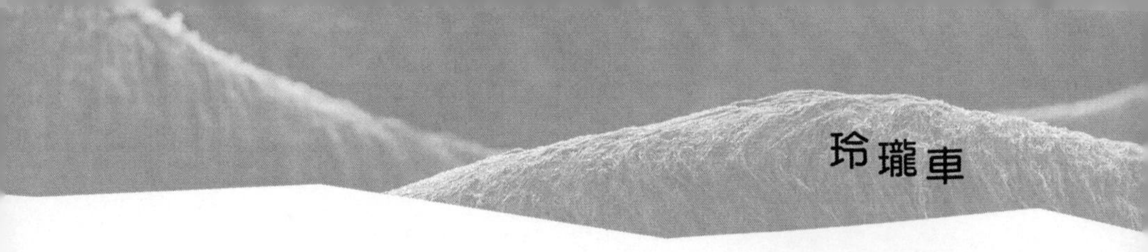

玲瓏車

鳥人

山林的霧逐漸多了。

繞過這座山，往前走約半天行程，是一片竹林，在竹林的最深處住著一位白髮蒼蒼的老人。老人沒有子女，已經在這片山林住了很久了，自從老伴過世後，一直沒有遠離過這片山林。

老人靠著自給自足的方式在山林裡過日子，除了在竹子搭建的簡陋房舍外的空地種一些蔬菜外，也養了許多雞、鴨，除了每天和一群雞鴨交談外，另一個和他比較親密的就是山林裡的鳥兒了。

山林不是很偏僻，但很少有人會打從這裡經過，偶而會出現過幾個登山客，或帶著獵槍找尋山豬的獵人，看到了滿頭白髮與白鬍鬚的老人，還以為是遇到了神仙呢！對於他長年居住山林而不願意下山，感到不可思議，給他取了山林怪人的綽號。老人不喜歡這個綽號，他比較喜歡鳥兒們給他取的綽號——鳥人。

年輕時候的鳥人，曾經在宜蘭市區的一家藥鋪上班，能夠辨識有毒或無毒的中草藥，對於哪些中草藥可以治療什麼病也懂了一些，甚至還曾經因為這項絕活在一次山林發生了鳥類瘟疫時，靠著他的經驗與細心，救活了許多奄奄一息的鳥兒。

不久前，山林裡經常有打獵的人出沒，許多鳥兒受到槍聲的驚嚇而飛走了，不敢在這片山林逗留，鳥人感到相當痛心。好幾次，鳥人在山林裡遇見被獵槍打傷的鳥，或看見受了傷而無法繼續飛行，掉落草叢死去，心情十分沮喪。

把死去的鳥埋葬後，鳥人會帶著那些受傷的鳥兒回家，細心擦藥，擔心鳥兒們再遭到獵人追殺，而在院子裡搭建鳥園，讓鳥兒們有個棲身之所。不久，院子裡的鳥兒越來越多了，大部分是因為受了傷而被鳥人撿回來的。鳥兒增多了，鳥人也開始忙碌起來，為了找尋食物，鳥人還經常在山林孤獨行走，只要能幫鳥兒們張羅到新鮮食物，即使走再遠的路也不覺得辛苦。

雖然已經六十歲了，鳥人的身子非常健康，走在山路上依然健步如飛，每天有忙不完的事，而這些事都是他歡喜做的，他相信有能力幫助別人是件好事。

有一天，鳥人又出門找尋鳥的食物，一個人孤獨走進山林時，突然刮起了一陣冷風，之後，從遠方的竹林飄來了陣陣冷霧，走著走著，感覺眼前的世界突然變了樣，好像走進了一個完全陌生的地方，不自覺緊張起來，擔心自己迷路了，回不了家。風似乎越來越大，霧也越來越濃。

一片白茫茫的，鳥人只能憑著印象，在濃霧中找尋來時的路，可是，不管鳥人怎麼走怎麼繞，都只能在原地打轉。

鳥人覺得有點累了，坐在石頭上休息。

忽然，一陣非常奇特的笛音由遠而近傳了過來。鳥人站起身子，左右張望，卻沒看見任何東西。當他轉過身子時，卻感覺有人拍了一下肩膀。一位拄著拐杖，腰間繫著短笛的白髮蒼蒼老人，露出慈祥笑容看著鳥人。

「這位大哥你從哪裡來？迷路了嗎？怎麼一個人在這裡？」

鳥人揉著雙眼，懷疑自己的眼睛出了問題。

白髮蒼蒼老人笑了笑。

鳥人提高說話的音量，老人仍然沒有回話。鳥人覺得老人有點怪異，正打算在靠近些時，老人像風一樣消失了。

「一定是我的眼睛花了，哪裡有什麼人？」

鳥人自言自語著。說也奇怪，此時，風逐漸停了，霧也逐漸散了開來，陽光從樹梢照進山林，明亮了許多。鳥人舒活了一下筋骨，正擔心著今天沒有找到鳥兒的食物時，發現不遠處有一個布包，於是，加快腳步走了過去。

「可能是剛剛那個人掉的？」

在這片山林住了幾十年，鳥人似乎沒有見過這個人。

「裡面是什麼東西？如果是很重要，一定要趕快找到那個人！」

鳥人打開黃色布包，裡面是一只小木盒，打開小木盒時，發出一道金色光芒，讓他張不開眼睛，原來光芒來自於木盒裡的金色湯匙。

湯匙下面壓了一張紙條，紙條上寫著幾行字：

我是土地公，你的善心感動了上帝
送這支金湯匙給你，把金湯匙移置鳥兒身旁
唸一遍咒語
飛——來——飛——去——飛——去——飛——來！
就有源源不斷的食物出現

鳥人看了這幾行字，又看了看盒子裡的金湯匙，半信半疑笑了起來，天底下竟然會有這麼好的事情，以後我就不必那麼累了。鳥人哼著口哨趕回家，擔心沒有吃東西的鳥兒一定無精打采，沒想到那群鳥兒看到他回來，高興唱著歌歡迎他，鳥人所有的煩惱都不見了。

鳥人從木盒裡取出金湯匙，依照紙條上的指示，將金湯匙移向鸚鵡的身旁，口中唸唸有詞：

「飛──來──飛──去──飛──去──飛──來！」

奇怪的事情發生了，金湯匙裡浮現了鸚鵡喜歡吃的瓜子。

鸚鵡低頭啃食著瓜子，高興拍打翅膀。鳥人繼續移動腳步，緩緩靠近小麻雀，輕聲唸了一遍咒語，金湯匙裡浮現了幾條還在蠕動小蟲。麻雀一邊吃著新鮮的小蟲一邊高興唱著歌，感謝鳥人張羅那麼好吃的食物。

鳥人心裡想著，如此好的寶物果然是百年難得一見，應該找個時間好好謝謝土地公。從此之後，鳥人再也不必每天到山林為鳥兒找尋食物，多出來的時間讓他可以在房舍前的空地種菜，或栽植一些可以治病的草藥，生活也更悠閒了，每天還可以陪著鳥兒們聊天唱歌！

鳥人擁有金湯匙的事，被砍柴的樵夫發現了。

鳥人一點警覺也沒有，也不知道一場災難即將來臨。

飄著細雨的夜晚，戴著斗笠的樵夫繞過房舍的庭院，偷偷爬進鳥人的家。夜深了，鳥兒與鳥人也進入夢鄉。樵夫露出得意笑容，踮著腳尖走了過去，盡量不去碰任何東西，以免發出聲響，把他們吵醒。

金湯匙放在鳥人枕頭旁，發出像螢火蟲般閃閃亮光。

樵夫放慢腳步靠了過去，正當他伸手要偷金湯匙時，感覺手臂被一種尖銳的東西啄了一下，疼痛瞬間就傳到了指尖。鳥人還來不及看清楚闖進房間的是動物還是人時，手腳還算俐落的樵夫已經匆忙從窗口跳了出去，三步併兩步往那片竹林跑了過去，雖然發出唏唏嗦嗦聲響，卻因為雨繼續落在竹葉上，沒有仔細聽是很難發現的。

黑夜中，一隻貓頭鷹在鳥人床頭叫了幾聲，迅速從窗戶飛出去，之後是一群被吵醒的鳥兒也尾隨飛了出去，發出匹哩啪拉的聲響。樵夫在細雨中逃跑，發現有一群鳥追趕著，心情緊張，除了要迴避竹子打在臉上的疼痛外，還要用斗笠抵擋鳥兒用尖銳的嘴啄他的頭和臉，摔了好幾回，最後一次是因為踩到了鬆動的石頭，順著石頭滾落山腳下，爬起來時，發現身上的衣服被竹子與雜草勾破了。

樵夫一拐一拐走回家，從此以後也不敢偷金湯匙了！

日子平靜過了半年。

有一天，鳥人起床時，就聽到一陣驚慌的鳥叫聲傳來，立即披了件外套趕了過去，發現有一隻狼兇猛地追逐鳥群，立刻抓起木棒朝狼的頭部揮打。狼機警跳開了，發出一陣狂吼，朝鳥人撲過來。

鳥人再度掄起木棒，往狼的前腳揮過去，狼躲開了，轉身撲向鳥人，張口，露出尖銳的門牙緊咬鳥人的手臂不放。鳥人因手臂疼痛而丟開木棒，用另一隻握緊拳頭的手捶打狼的眼睛；可是，那隻狼並沒有鬆口，還是不停用後腿的爪抓鳥人的外套，使力拉扯，讓鳥人想擺脫也不容易。

正當凶猛的狼突然伸出抓子往鳥人的臉抓過去時，院子裡的鳥兒成群往那隻狼撲了過去，用尖銳的嘴去啄狼的眼珠與脆弱的鼻樑，直到鮮血流了出來才鬆口，驚慌發出幾聲尖叫，從後院的一處破洞的竹籬笆逃了出去。

鳥人驚魂未定，一臉鐵青看著遭狼咬傷的手臂，緩緩脫下外套，檢視手臂的傷口時，發現右手臂有兩個很深的牙痕，淌著有點烏黑的血，肌膚出現一片瘀血，而身上的外套也被狼抓破了。

忍痛走回房間時時，受了驚嚇的鳥兒還吱吱喳喳叫著……鳥人從床頭取出自己研磨的藥粉灑在手臂的傷口，傷口已經不再流血了，鳥人揮了揮手，比出了沒事手勢。鳥兒們也逐漸恢復了平靜，繞著鳥人飛了幾圈，然後飛向山林兜風去了。鳥人哼起了口哨，看著鳥兒在山林嬉戲，嘴角浮現滿足的笑容。

涼風撲面而來，心情開朗許多。遠方，蘭陽平原的櫻花開了。

春天已經來了！

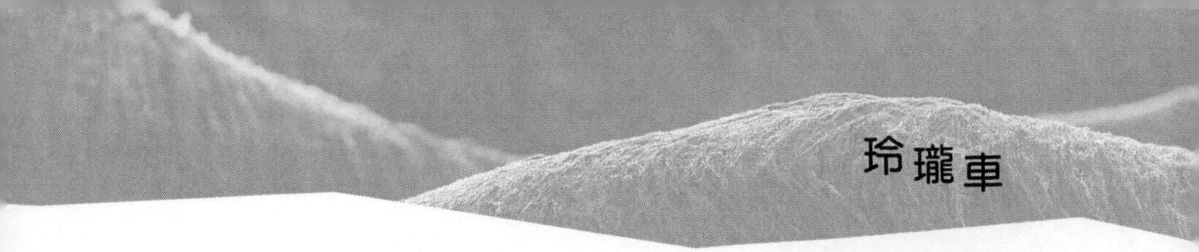

玲瓏車

斑鳩

每年暑假，阿祿經常會回到外婆家住幾天，今年也不例外。一大早，把幾天前就已經準備好的簡單行李揹上肩，阿祿和哥哥阿福騎著腳踏車沿著通往茶園的那條鄉村道路，緩慢地往一個在地圖上沒有標示地名的村落前進。

一路上涼風徐徐吹來，鄉村的夏天似乎沒有都市般炎熱。

天空有一群小雨燕，急速飛過眼眸。雙翼狹長如新月狀的小雨燕，全身暗黑色，無光澤，飛行速度極快，一邊飛還一邊發出啾啾啾的聲音。

「前面那隻是翠翼鳩。」

繞過了小溪，在不遠處發現了經常單獨活動，每年四至六月繁殖，鳥巢常築於離地不遠的灌木樹叢的翠翼鳩，阿福興奮叫了起來。

「你怎麼知道牠的名字？」

「書上看的。」

「確定？」

「沒錯，牠的嘴和腳是鮮紅色，錯不了，可惜，讓它飛走了。」

望著越飛越遠的翠翼鳩，阿福顯得有些落寞。

外婆的家隱藏在一片茶園外的幾戶村落裡，一群麻雀在阿祿的四周盤旋飛繞，一點也不陌生，而一些在市區裡難得一見的鳥群，也飛出了防風林，在亮麗的蒼穹飛舞著，使得一向寧靜的村落，今年顯得特別熱鬧。

「斑鳩，你看，是斑鳩！」阿祿喊叫著。

正當阿祿穿越的村落的小路時，忽然發現一隻離群的斑鳩，搖搖晃晃快速躲進草叢，阿祿把腳踏車子停了下來，迅速跳進官芒花的草叢找尋斑鳩的蹤跡。

去年夏天，他們在外婆家住過一段日子，表哥帶阿祿兜風時，曾經看過斑鳩連續好幾天都低低飛過他們頭上的天空，所以，阿祿對它一點也不陌生。

「怎麼一下子就不見了？」

阿福撥開有一點乾黃的官芒花，側著頭問。

「剛剛好像從這裡跑進來。」阿祿說。

阿祿手持一根從草叢找到的細竹子撥開官芒花，露出圓溜溜的眼珠，四處找尋斑鳩，但是，卻一無所獲，可以肯定的是，這隻斑鳩受傷了，所以，穿越小路時翅膀斜向一邊，無法飛行。

阿祿只有坐在停放在路邊的腳踏車旁，休息片刻，正當他們決定放棄搜尋，準備騎乘腳踏車繼續往前行時，斑鳩突然自草叢裡竄出，從他們的眼前急速搖晃著身子往前衝。

阿福將腳踏車放倒，快速衝過去，追逐著斑鳩，斑鳩因為慌張而加快腳步往前衝，由於前方沒有比它身子更高的草叢可以躲藏，它的身子搖晃得更激烈。

阿福迅速撲了過去，雙手正好抓住了斑鳩的翅膀，斑鳩發出低沈的咕咕聲後，似乎放棄了繼續往前逃的衝動。

「抓到了，抓到了！」阿福興奮地叫著，將那隻灰色的斑鳩高高舉在空中，一路向阿祿靠了過來。

「好像受傷了。」

「右邊翅膀流血。」

「把背包裡的東西拿出來。」阿福大聲喊叫著。

阿祿把背包裡的衣褲取出來，塞進阿福的背包。

「留一點隙縫給它呼吸。」

阿福把斑鳩放進背包，將袋口的繩子束緊後，又不放心似地鬆了開來，將背包掛在阿祿的肩膀，尾隨著他繼續往外婆家的方向前進。

越過山林時，有一群巨嘴鴉飛過，牠們的警覺性高，飛行時常左顧右盼，也喜歡棲坐於向風處。由於巨嘴鴉喜歡啄食人類丟棄的食物，經常可以在風暴區、垃圾場或產業道路上看到它的蹤影。

繞過了幾條小路，抵達了外婆家，他們在外婆家找來一個有一點生銹，曾經關過小雞，如今被棄置於庭院的鐵籠子，把經過包紮的斑鳩小心翼翼地放進籠子裡。

阿福還特別從廚房裡找來了一個碗裝水，放進籠子裡，也抓了一搓米，放進一個低而寬的鐵罐子裡，但是，斑鳩卻畏縮於一個角落，不敢喝水或吃一點米充饑，神情顯得有些許驚嚇。

綁在斑鳩翅膀的小手帕，在斑鳩慌亂的掙扎下，印出鮮紅的血跡。坐在一旁靜靜看著他們為斑鳩的傷忙碌著的外婆，終於說話了。

「到電視機下面的櫃子拿碘酒幫它擦一擦。」

阿祿把碘酒取出後，交給阿福時，阿福遲遲沒有伸出手來。

外婆接過了碘酒，也不在乎是否有棉花可以沾碘酒，就獨自走向鐵籠子，伸手將斑鳩抓在手中，把還剩下半瓶的碘酒倒在綁著小手帕而印出血跡的翅膀上，斑鳩發出低沈的咕咕咕聲。

「擦點酒會痛。」阿福皺緊眉頭。

「不擦藥，怎麼可能會好。」

外婆將擦好藥的斑鳩放回鐵籠子裡，露出得意笑容，之後，將鐵籠子的門輕輕關上。

「外婆，斑鳩是吃什麼東西長大的？」

「幼小的蟲或穀子都吃。」阿福看見斑鳩被放回籠子後，依然怯生生地縮在一角，不知所措，而小手帕上滲出的碘酒也滴了下來。

「應該帶它去看醫生。」

「不必啦，骨頭沒有斷，好像是被什麼東西搓破了皮。」

「骨頭真的沒怎麼樣？」

「我剛剛看過了，沒怎麼樣。」

阿福臉上終於浮現了笑容，蹲在鐵籠子前看著斑鳩，而斑鳩也露出疲倦的眼神看著阿福。

天色逐漸暗了下來，遠方傳來陣陣咕咕咕的啼叫聲……

去年夏天，為了暑假作業中的賞鳥觀察記錄，阿祿和阿福在外婆家住了將近三個星期，外婆交代表哥下班後就帶他們四處走走，或著利用天未破曉的清晨，到茶園一帶觀察鳥的飛行和鳥的生活習性，外婆年紀雖然大了一些，只要她認為自己的心情很好，就會陪著他們兩兄弟到處走走。

外婆對這裡經常棲息的鳥類似乎都十分了解，而每一種鳥的生活習性和啼叫聲也十分清楚，每次看到鳥群飛過時，她都會學著它們的啼叫聲，吸引它們的注意。

表哥在街上的一家汽車工廠上班，每一年的暑假，他似乎特別忙，為了賞鳥，他還花了不少錢買了幾副望遠鏡，也買了幾本與鳥有關的書，陪著他們賞鳥。

去年的暑假，他們在外婆家，只要有空就翻開賞鳥的書，在茶園或外婆家附近四處找尋它們的蹤影。

他們認識了很多經常出現於茶園與村落的鳥群，其中讓阿祿印象深刻的是巨嘴鴉、赤腹鷹、白眉鶇、棕耳鵯、翡翠鳩、小雨燕、白腹秧雞……

其中的鵯、鶇、鳩那些名字，雖然十分陌生，可是，當他們離開外婆家時，一路上看見這些鳥時，也能叫出它們的名字，甚至學會了它們的叫聲。

如頭、頸和胸部的羽毛銀灰色，背部羽毛是灰色的棕耳鵯，飛行時，姿勢像波浪。在防風林裡，啼叫聲為皮皮皮友的棕耳鵯，經常成群活動，聲音十分吵雜。

喜歡隱密，警戒心強而不容易被發現的白腹秧雞，晝夜經常可以聽到連續性的「苦啊——苦啊」的單調聲音，喜歡行走而不願意游水，經常以水生植物為主要食物。它的巢經常築於離水邊約三至四公尺遠的地方。

遠方，白腹秧雞在林投樹叢裡啼叫著。

阿祿與阿福起得很早，阿福蹲在被移至屋簷下的鐵籠子前，看著縮臥在一個角落的斑鳩。

鐵籠子裡的水被打翻了，米粒散落於鐵籠子下。

「斑鳩吃東西了。」阿福興奮地叫著。

「你怎麼知道它吃東西了？」

「你自己看，水被打翻了，還有那些米……」

阿福打開鐵籠子的門，將斑鳩抓出鐵籠子，十分細心看著傷口。

「好像沒有流血了。」

阿祿好奇地湊了過去，伸手想解開那塊小手帕。

「不要碰牠！」

「我想看看傷口好了沒有！」

「哪有這麼快，還要擦藥才行！」

「已經沒有藥了，昨天外婆全部倒在翅膀上了。」

阿福似乎有點沮喪。

「我找表哥想辦法，幫我們帶一些藥水或藥膏回來。」

阿祿正想移步時，阿福叫住了他。

「記住，請他順便帶一些紗布回來！」

黃昏了。

表哥帶回了一瓶碘酒與一綑紗布，另外還買了一包棉花。

於是，阿祿兩兄弟和表哥三個人，七手八腳地幫斑鳩換藥，擦碘酒時，阿福想起了不久前在學校操場跌倒，左邊膝蓋的肌膚擦傷了，到保健室擦藥時，看見護士阿姨用棉話沾醬油般顏色的藥液來回抹在傷口上，痛得想哭出來……之後，他才知道，那黑黑的藥液就是碘酒。

阿福怕碘酒的效性會讓斑鳩的傷口更痛，不敢擦太多碘酒，包紮後，發現碘酒好像擦太少了，又解開紗布，重新擦抹碘酒，表哥看到了阿福笨手笨腳的模樣，學著外婆的手法，直接把碘酒到在傷口上，再用紗布纏繞起來。

「沒事了，早點休息。」

表哥把斑鳩關進籠子，伸了伸懶腰，幫曬穀場邊的盆栽澆水。阿祿與阿福看著瑟縮在籠子角落的斑鳩，嘴角浮現了笑容。

第二天早上，目送表哥上班後，阿福就把綁著小手帕的斑鳩放在曬穀場上，斑鳩搖搖晃晃地在曬穀場來來回回走著，好幾次都想張開翅膀飛上天空，卻一直沒有辦法張開受傷的右翅，只有左邊的翅膀上下左右不停地拍著地板，濺起些許塵沙。

阿福一步一步尾隨著斑鳩，深怕它飛走了。

「不要怕，飛不了的。」外婆看見阿福的模樣，笑得十分開心。

阿福把斑鳩抓起來，抱在懷裡，走進了客廳，交代阿祿準備水和米，然後要阿福用手指將斑鳩的嘴扳開，餵一些米和水。

「輕一點，你這麼用力，會把它的嘴巴弄扁掉。」

阿祿縮回了手，看了斑鳩一眼，斑鳩猛烈地搖了幾下頭。

「不要餵太快，會嗆到它。」

阿祿把舀了一點點水的細湯匙自斑鳩的尖嘴移開，阿福臉上的表情才露出幾許的笑容。

「你抱著它，我來餵好了。」

抱著斑鳩，阿祿感覺到一股微溫的溫度，自斑鳩的身上傳進阿祿的手臂，第一次和斑鳩離得那麼近，阿祿忍不住多看它一眼，它似乎也知道他們沒有惡意，反而很疲倦似地打起盹來！

阿福每天幫斑鳩抹上碘酒，等碘酒乾了以後，又為它擦一些藥膏，把它當成今年暑假認識的好朋友般看待。原來約定要在外婆家度假，騎腳踏車逛一逛的計畫，如今也被迫取消了。

阿祿只有一個人偶而騎著腳踏車在曬穀場上兜圈子，覺得今年的暑假又和鳥扯上難捨難離的關係，覺得十分無奈。

阿福對小動物一直有偏愛，曾經把二隻小雞，裝在紙箱，偷偷養在書房裡，直到有一天，小雞吱吱地叫才被發現，而被媽媽訓了一頓，小雞也被送到外婆家寄養。

「我們家不適合養雞。」媽媽說話的聲音比平常高了許多。

「養小狗可以嗎？」阿福低聲地問。

「不行！狗會隨地拉大便。」

「我每天會帶牠出去拉大便。」

「不行，你要讀書，哪有時間養這些東西！」

阿福的心情在那一日子似乎很憂鬱，幾乎每個星期天都吵著要爸爸開車載他到外婆家看小雞，直到小雞長大，於冬至時被宰殺進補，才打消了到外婆看小雞的衝動，甚至有很長的日子不願意到外婆家。

「雞長大就是要給人吃的嘛！」

「下次外婆再買二隻還你好了，你有空可以回來看看小雞。」

阿福不喜歡吃雞肉不是沒有原因的，而他的花樣還真多，除了養小雞外，也曾經在校慶運動會時，向攤販買了一隻天竺鼠回家，天竺鼠不安份地亂跑，有一天跑進了媽媽的鞋子裡，把媽媽嚇了一跳，差一點還被媽媽揍，從此以後，阿福就沒有養過小動物了，不過，每次看見小狗或在鳥店看見可愛的小鳥時，他會不自覺地停下腳步觀望。

然後，帶著些許失望的心情離去。

不久，受傷的斑鳩逐漸恢復了元氣，阿祿兩兄弟才把它翅膀上的紗布取下來。斑鳩好幾次都試著想張開翅膀飛行，但是，阿福常機警地將它握在手中，深怕一鬆開手，斑鳩就會消失般。

有一天，當他們發現斑鳩混入雞群，在外婆家的院子裡，以嘴喙覓食時，阿福驚訝地叫了起來。

「誰把斑鳩放出來，它會跑掉啦！」

「我看著它，不會飛走啦！」外婆坐在屋簷下笑得很開心。

阿福放慢腳步，靠了過去，雞群慌張散去，而斑鳩卻突然停下腳步抬頭看了阿福一眼，張開翅膀想飛時，卻只拍動幾下翅膀，觀望了四周後，繼續在庭院裡覓食。

「我說過它不會飛走，你不相信？」

「它不會飛了？」

「不是不會飛，是它捨不得飛。」

「是嗎？捨——不——得——飛？」

在屋簷下曬太陽的外婆笑得更開心了，學著斑鳩的啼叫，咕咕咕咕輕輕叫了幾聲，斑鳩竟然抬起頭左右觀望，好像知道外婆在叫它一樣，很快就靠了過來。

「過兩天就可以把它放回山林了。」

「放回——山林？」

「是啊，難道你要把它帶回家？媽媽會不高興的。」

阿福抱起斑鳩看了幾眼後，將它關進鐵籠子裡。

「斑鳩不是住在籠子裡的，如果你喜歡它，就應該讓它回家。」

「回家？」

「嗯，鳥也有自己的家！」

也許吧？阿福如此想著。

午後的陽光非常燦爛。

考慮了一個上午之後，阿祿兩兄弟決定讓斑鳩回家。

穿越林間的小路上，他們遇見了白眉鶇，這種鳥的主要的食物是昆蟲。與眾不同的是，它有明顯的白色眉線，公鳥的頭部和喉部都是青灰色。母鳥的喉部為灰白色，並且有黑色的縱斑。

當他們來到了離茶園不遠的這片山林時，阿福仍然有點依依不捨之情，抱著斑鳩遲遲不願意放手。

遠方似乎隱約傳來陣陣咕咕咕的啼叫聲，而在哥哥手中安靜臥著的斑鳩突然張大眼睛，探出頭來，焦慮地東張西望。

「好像它的朋友在找它。」

「不會吧？」阿福瞄了一眼手中的斑鳩。

「明天我們就要回家了，我們家沒地方養鳥，所以，只有……」

「你放它飛好了。」

阿福把斑鳩交給阿祿，阿祿接過斑鳩時，感覺相處了將近十天的斑鳩，好像是深交了幾年的好朋友一般，真的有點依依不捨。

阿祿將斑鳩放在草地上，斑鳩在草地上轉著圈圈，不停地用尖尖的嘴喙，啄著那些枯黃的乾草。

遠方隱約傳來陣陣咕咕咕咕的啼叫聲……

斑鳩高舉著瘦小的頭顱，似乎很想分辨聲音來自何方，當它轉過頭看了他們一眼後，突然張開了翅膀，往藍藍的天空飛去，在他們的上空盤旋了將近三分鐘，才像斷了線的風箏般，越飛越高越飛越遠。

南瓜島

阿義坐在南瓜島的一個角落欣賞日落，透過單筒望遠鏡從島嶼犄角可以看到進出馬公港的船隻。他手上握著一罐從身旁小冰箱取出，剛拉開環扣的易開罐啤酒，神情顯得悠閒與鬆散。日落了，火紅夕陽緩緩滑落海面的景象，在離澎湖外海有點遠的島嶼，似乎可以把那枚籃球般大小的落日看得更清楚，因為這裡離那抹火紅夕陽更近了些。這裡沒有高樓大廈，也沒有工業塵害，只要願意走出室外，走出低矮樹林，就能分享寒冬時的夕陽暖意，或酷暑時節浪花輕吻肌膚的冰涼。

島嶼是一個綽號叫阿義的男子發現的。阿義是退休的物理教授，喜歡玩空拍機，有非常長的一段時間，在澎湖外海進行景觀拍攝，竟然讓他發現了一座無人島。空拍機似乎經不起強烈且又鹹又澀的海風侵蝕，折損率特別高，也經常因為無法掌控風勢而讓上一秒鐘還飛得好好的空拍機，突然失去了準頭而墜毀於大海。阿義欲哭無淚，但這些突如其來的意外，他還蠻能忍受的，因為他是臺灣威力彩券累計了廿五期頭彩獎金的幸運者，幾十億獎金，讓他可以一直坐在這裡喝啤酒看夕陽，買更多精密的空拍機為島嶼的晨昏寫歷史。

阿義發現的島嶼，面積不大，坐落在澎湖外海的平靜海域。赤足繞著島嶼走一圈，約一天時間可以走完，如果你搭船抵達島嶼的港灣，剛踏上土地，你會在沿途遇見許多不知名的海鳥，牠們會在你身旁呼高忽低兜著圈子，一路輕聲啁啾著，陪你走過這裡的每一寸土地，陪你度過銀髮的浪漫假期。

阿義幫它取了一個很容易記的名字——南瓜島。

除了小島形狀如南瓜造型外，南瓜在中國各地也是被普遍栽種的農作物，是夏秋之際經常端上桌的瓜菜，在島嶼上，你可以看到很多不同品種的南瓜，南瓜是島嶼的美食。如果你在島嶼上住幾天，你可以常到不同風味的南瓜餐，許多人嚐過了，離開了島嶼後，仍然眷戀著南瓜的香味！

島嶼上有零星的農地，依照不同的季節種植不同蔬菜。杜鵑花開了，島嶼上的茄子、馬鈴薯、高麗菜、萵苣、芹菜、青椒也成熟了；鳳凰花開時，蕃茄、空心菜、白菜、莧菜、小黃瓜、南瓜可以採收了；而菊花開了，菜瓜、花椰菜、鳳梨、葡萄也熟了；冬天到了，在涼颼颼的北風中，正是胡瓜、波菜、芥藍菜、結頭菜豐收的季節。

由於沒有廢水與廢氣的汙染，這裡的蔬菜漲得健康而翠綠，許多人到南瓜島來旅行，除了南瓜風味餐外，為的是品嘗這些有機且無毒的蔬菜，由於食客多而蔬菜的數量十分有限，很多人已經預約到後年的三月。如果你看了這篇報導才想撥電話預約，可能要等到中秋了！

島嶼雖然小，但近些年來，在阿義高瞻遠矚的經營下，逐漸有了雛形，慢慢往一個具有高度文明的城市目標邁進。島嶼交通發達，除了對外聯繫的渡船，幾乎看不到必須仰賴汽油為燃料的汽、機車在街道奔馳，看見的是速度緩慢的流線型單車，與靠太陽能、風力充電的電動汽、機車，任何時刻走在街道上，聞不到嗆鼻的油煙味，任何時刻你都能感受到與海浪、海鳥相依為伴的漫活樂趣。

日落時，火紅夕陽滑落海面的樣貌，在島嶼可以清楚看見。

島嶼上所有的建築都是平房，即使是給觀光客歇息的旅館，也沒有超過二層樓高，所以，靠近碼頭的燈塔是島嶼最高的建築物，也是主要地標。當你搭乘渡輪抵達時，你會發現這裡是一個沒有被文明過度汙染的島嶼，海岸、沙灘、水鳥、平房，與浪漫、悠閒、靜謐、原始，構築了島嶼的樸實，也洋溢著來自大自然的真純呼喚。

盤繞於阿義心中的理想島嶼，逐漸有了雛型。阿義知道，唯有繼續堅持下去，才能在眾多島嶼中，建立起漫活漫遊的氛圍與不容被輕易取代的威望。

所以，搭乘遊輪到南瓜島，接近港灣時，你會發現成群的水鳥繞著度遊輪飛翔，這群常年廝守著南瓜島海岸的水鳥，善解人意，個性溫和得令人小心翼翼呵護，也因此而成為南瓜島上知名賞鳥景觀。

如果你能隨身攜帶望遠鏡，你可以看得更清楚些。你會發現這群水鳥的嘴是橘黃色，嘴尖三分之一為黑色，但最尖端為白色，頭頂黑色，後頭有冠羽，身體羽色為白色，但背部較為灰暗，我們給了他一個很好聽的名字——幸運鳥。

見到了幸運鳥，南瓜島就不遠了。

南瓜島沒有工廠，卻擁有被樂活人士高度認同的歇息驛站。驛站裡住的是來自各地的旅人，彼此間的語言雖然會因為生活方式的不同而有所差異，但對這座島嶼的讚美卻是相同的，他們願意花更多時間在島嶼上，享受遠離繁忙都會生活的靜謐與樸實，而暫時拋開狂急焦躁的生活情緒後，嘴角浮現的笑容似乎也更濃了。

阿義手頭有點錢，而為了發展觀光，他依然堅持遠離都會的視覺汙染，於是，島嶼上的每一吋建築必須符合綠建築的標準，房子外觀造型相同，差別的是室內的擺設而已；如果你想生活得舒適一些，可以添購幾張沙發，至於冷氣、電視、洗衣機、冰箱……等家電用品，必須是太陽能發電的，否則無法運送到這座島嶼。

島嶼的陽光充足，太陽能設施非常普遍，日常生活中的器具，需要用電才能操作或運轉的，都可以改成太陽能發電的方式來運作，也因此少了許多噪音，少了許多廢棄物，而這裡的手機是不需要電池的，因為島嶼上架設了陽光與風的充電網路，只需上網下載程式，啟動手機上的太陽能或風的轉換動力鍵，隨時可以利用炙熱的陽光或撲面而來的海風為手機充電。

走過巷弄間，拐個彎，往城區方向徐行，你會發現手機上閃爍著的數字，提醒你以目前的不乏或速度，還需要多久時間可以抵達，甚至替你估算了已預定的餐廳還有多遠？

島嶼的土地屬於阿義個人私有資產，只能租用而無法買賣。

島嶼的民宅統一規劃興建，租給認同島嶼人文風土的人。房子數量不多，人口密度始終維持在每平方公里一點五人，有機會在島嶼上兜風的人，必須通過當地政府的審查，上傳沒有前科證明文件，且在各行各業上有卓越表現的拔尖人物，每個人可以無憂無慮在島嶼上逗留，雖然沒有時間限制，但只要你來開島嶼就很難再回來了，所以，很多旅人把一年假期都排進了島嶼，在這裡吹海風、曬太陽，什麼事也沒做也沒什麼事可做，雖然如此也不願輕易離去，因為離開島嶼後，最快需過了一年才有機會再度進駐，因為在網路上排隊的人越來越多了！

在島嶼生活是愉快的。如果你不願意開車或騎車，你可以搭乘環島捷運，時速約每小時三十公里，讓你可以盡情享受緩慢生活步調。島嶼沒有車站，你可以隨時向環島捷運列車招手而上車，或在任何一個點下車，或帶著親友以步行方式逛街，四處旅行，過著遠離塵囂無拘無束的隨性生活。

島嶼上是不鼓勵開車的，也很少需要開車，因為停車場有限之外，約一天時間可以走完島嶼，彼此間的互動綿密，城區車輛管制嚴格，單日，車牌末尾的數字是單數的車輛進出，雙日則車牌末尾的數字的車輛進出，單車是主要交通工具，如果你願意迎風騎乘單車旅遊，你應該是島嶼最幸福的人了。日出前出發，沿著島嶼邊界逆風而行，在日落之前，就能輕鬆回到出發原點。

阿義唯一的交通工具是折疊式單車，他每天會吹著口哨，騎著單車到離驛站不遠的地方看海或看夕陽，臉上始終浮現著夾帶著慧黠且難解的笑意；如果你願意花更多時間感受海洋呼喚，聆賞島嶼柔情，可以透過相機來寫島嶼與你之間的戀情，或書寫沒有功名追逐的生活日記，也可以在畫布上塗抹五顏六色的島嶼傳說；甚至帶著釣竿找個舒適角落，看著浮標在港灣浮沉，等待魚兒上鉤後湧自內心的驚喜。

城裡有不打烊超級市場，販售生活用品，你可以在任何時刻前往採購，或透過網路挑選喜歡的物品，半個小時內就可以收到訂購的東西，即使是一碗熱騰騰的麵，或一盤臭豆腐，甚至一張樂透彩券也有專人替你送達，所有費用以信用卡結清就能輕鬆離開。難怪有人說，在南瓜島住久了，你會不認識汽車的模樣，沒有數鈔票的樂趣，雖然如此卻無損於島嶼的生活情趣，優哉游哉的世外桃源生活。如果你有興趣到南瓜島遊憩或長久居住，別忘了早點上網送出完整資料。因為中秋之後，船班客滿了。

阿義坐在南瓜島的一個隱密角落欣賞日落，透過單筒望遠鏡看著進出馬公港的船隻……嘴角上滯留著啤酒泡沫。他警覺氣溫越來越熱了。蚊子在耳際亂飛亂叫，他翻轉著身子，難以入眠。伸手拍打停留在耳垂上的蚊子。啪！一個巴掌狠狠打在耳朵上，耳膜發出嗡嗡聲響。

阿義從床上坐了起來，摸了摸巴掌拍擊過且有點疼的臉頰，從夢境中醒來，抹去嘴角的泡沫……阿義終於發現了，那是口水而不是啤酒泡沫！

兒童文學60　PG2775

玲瓏車

作者／鄧榮坤
責任編輯／楊岱晴
圖文排版／陳彥妏
封面設計／吳咏潔
出版策劃／秀威少年
製作發行／秀威資訊科技股份有限公司
114 台北市內湖區瑞光路76巷65號1樓
電話：+886-2-2796-3638
傳真：+886-2-2796-1377
服務信箱：service@showwe.com.tw
http://www.showwe.com.tw

郵政劃撥／19563868
戶名：秀威資訊科技股份有限公司
展售門市／國家書店【松江門市】
104 台北市中山區松江路209號1樓
電話：+886-2-2518-0207
傳真：+886-2-2518-0778

網路訂購／秀威網路書店：https://store.showwe.tw
國家網路書店：https://www.govbooks.com.tw
法律顧問／毛國樑　律師

總經銷／聯寶國際文化事業有限公司
221新北市汐止區康寧街169巷27號8樓
電話：+886-2-2695-4083
傳真：+886-2-2695-4087

出版日期／2022年9月　BOD一版　**定價**／220元
ISBN／978-626-96349-0-3

讀者回函卡

秀威少年
SHOWWE YOUNG

國家圖書館出版品預行編目

玲瓏車/鄧榮坤著. -- 一版. -- 臺北市：秀威少年, 2022.09

面； 公分

BOD版

ISBN 978-626-96349-0-3(平裝)

863.596 111011243